U0072458

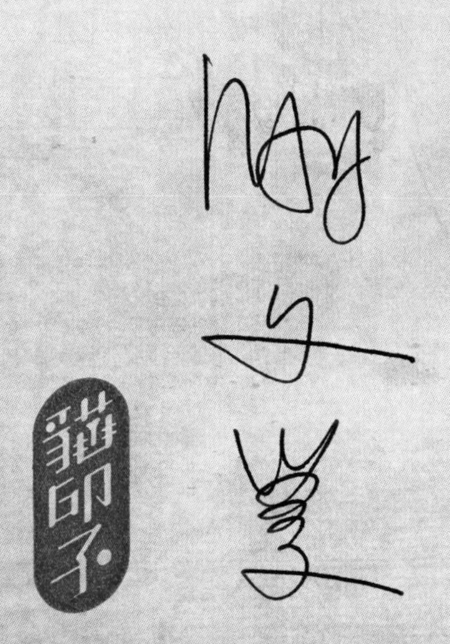
貓印子

謝文賢——文

看得見，才有鬼

修煉故事之眼

—推薦序—

原來，你是寫故事的天才？

宋怡慧／名作家、丹鳳高中圖書館主任

每個人都不愛聽大道理，卻對聽故事情有獨鍾，這是為什麼？因為每個人的心裡也都藏有一段屬於自己的故事。當有人剛好以故事的形式劇透你的心事，這不叫做「心有戚戚焉」嗎？

當寫作成為AI世代重要的關鍵力，你還能在寫作的世界缺席嗎？賈伯斯的故事讓消費者看見蘋果的獨特，也讓我恍然而悟：原來有效的故事可以行銷，甚至創造自己的品牌力。果然，會說故事的人很吸睛；會寫故事的人很

有料。原來，只要你善用文字的魅力，就能取得聲量流量，渾身自帶光芒。看到這裡，是不是有些動心？也想立馬拿起筆，為自己的人生征途，寫個好故事？但是，怎麼一刻鐘過去了，三刻鐘過去了，你還是望著空白的扉頁一字難產？

如果，你想啟動寫故事的靈感和技巧，這本書有幾個即刻吸睛的地方，值得你注意：以修煉為主軸，帶著讀者一步步走進寫作的新視界，找到故事的「心」視野。同時，作者謝文賢不吝給出務實的操作方法，以「故事怎計算」替讀者搭建學習鷹架，讓你能按部就班，循序漸進的找到寫故事的訣竅，尋回找故事的靈犀之眼。同時，我也喜歡文賢老師總是提供適切的範例，不會讓你霧裡看花，搭配方法與事例舉隅，不只切中要點，也讓你能立刻聯想與套用。最後，我最喜歡文賢老師能站在讀者的位置，同理讀者的寫作茫然心境，像庖丁解牛似的，一一拆解故事步驟，讓學習者能在各自看似獨立單元學習，陸續拼回重要招式，精采故事產生機就能發揮功效，自此展開攫住他人眼球的創作故事之旅。

作者謝文賢老師不只會說故事，會寫故事，這次要挑戰更大的溝坎：教你看見故事的亮點，讓你寫出故事的精髓。文賢把看似作法簡單無奇，卻招招到位，勁力精深。寫作故事的絕學，以降龍十八掌的方式，幻化成修煉故事的每個篇章，讓你只要學成，必能站上故事舞臺，所謂「古武降龍、天下無敵」，一如郭靖的靜心苦練，自學修煉，終能有成。

如果，看到怡慧老師的推薦文，湧起意猶未盡的遺憾感，那麼，請你必然要翻開這本書，它讓你發現：寫作不需要天分，掌握故事的招式，就能變成創作故事的天才。

—推薦序—

有跡可循的練習

吳德淳／金馬獎動畫導演

生活中的事件，能在領略後精煉為成語，
也能作為支持觀點的例子，更可以被轉寫成故事。

我們常有舉例的習慣，藉以來解釋或支撐觀點。而我們脫口而出的例子裡，往往就隱含著大量的故事素材，只要經過巧妙調整人、事、物的互動，就有機會讓生活轉身為故事。

作家安房直子在短篇小說〈狐狸的窗戶〉，描寫帶長槍的獵人追蹤小狐狸，而牠竄入藍色桔梗草原，化身染坊主人，說是可以為獵人染藍手指，藉由藍手指框出的空窗，就能回看自己內心想望的景物。獵人當然不信，就在半信半疑中，狐狸用染桔梗的手指，憑空召喚出獵人的記憶，讓他在感動滿懷之際，低頭奉送手中的槍。

或許，聽完故事之後，不需任何解釋，神奇的理解就會在讀者心中產生，但我們還是不免疑惑，這樣的理解是怎麼產生的？

當我閱讀這個故事時，甚至會自己胡思亂想，是怎樣的經驗讓安房直子提筆書寫。是曾聽過祖先逃過死劫的事蹟？還是族人口傳如何迎敵的曲折？或者，在她感受到某種以柔克剛的體驗後，便幻化出這則動人的故事。

是了，正是這個「幻化」和前面提到的「巧妙」，其中隱藏的訣竅，繁複而抽象，總不易被有序深入的介紹。

而這本新書（包含作者謝文賢的上一本《因為所以有故事》）正是文賢以自身精采的小說創作經驗，帶領大家走到作品深處，甚至穿透到作品的背後，去細看那些縫線和材質的拼貼，分享幻妙的歷程，使我們對於文本的通透理解，不再歸入神奇。

首先，讀者將能透過清楚的說明，從觀察生活開始進入創作，選擇適當的角色、場景、對話和敘事技巧；安排具有吸引力的開頭和充滿驚奇的轉彎情節與結局；學習如何編織張力，讓讀者循線追入那片藍色花田，發出與作者相同的感嘆與心得。

因此我羨慕文賢，能夠透過中外電影、圖畫書和經典小說等例子，引領讀者找到故事密碼，將紛雜的敘事枝枒，幻妙的編織過程，濃縮在水滴曲線的意象比喻上，使創作成為有跡可循的練習，協助讀者相信自己的手指，打造專屬的桔梗之窗。

——自序——

故事不是魔法

我曾經在日本電視綜藝節目《超級變變變》裡看過一段表演，題目叫做〈蠟燭〉。

表演內容是這樣的，當主持人萩本欽一報過題目之後，簾幕拉開，就看見舞臺正中有一根印著金色「福」字的巨大蠟燭，蠟燭是鮮紅色的，大約有一人高，兩三個人環抱那麼寬。有個小朋友跑上來作勢點燃蠟燭，一個戴著橘黃色頭套的人便緩緩從蠟條正中冒出來，噗溜噗溜的扭動，看起來就像燭火，挺有意思。有風吹來（那風是另一個小朋友舉著幾支白色幡旗扮的），燭火就抖顫顫的倒來倒去。

風兒兩圈跑走了，黃火穩定下來，我才發現那蠟燭竟然還會落淚，一球一球的燭淚由上而下滾落燭身，或快或慢，或高或低，作法細緻。

這時，背景音樂揚起，古典的中國樂曲，聽來應該是胡與箏的合奏，溫柔懷舊，帶著滄桑感。

接著大約有一分鐘的時間，畫面幾乎沒有動靜，靜得人屏氣凝神、浮想聯翩，只看見燭火隨著樂音顫晃，紅淚便不斷冒出，滾落。到了最後，整根蠟燭熔塌軟倒了，金色的「福」字也彷彿被時間吞噬，燭火消滅，燭心才悠悠的冒出一縷輕煙，飄入虛空，落地無聲。

掌聲爆響。

我在電視螢幕前面看得起雞皮疙瘩，嘆為觀止。

這個表演與我沒有任何關聯，日本也遠在千里之外，而且，我明明知道那些都是假的！

但我依然深受感動。

這是什麼妖術？

說說另一件事。

有一年，我在某個森林小學裡帶故事創作，那是一個由各年級學生組成的短期實驗班，孩子年齡有大有小，有的半大不小，定性不一，不好拿捏。

第一堂課，我什麼也沒教，只講了一個故事，從很久很久以前開始。

當故事從我嘴裡走出，轟炸的教室一下子變得安靜，孩子們連呼吸都抖，原本蠕動得像風吹的燭火，當下一個個都趕緊找椅子坐住，微微放著光。我悠悠燃燒著故事，情節高起來的時候，孩子便笑；故事沉下去時，孩子們便瞪大眼睛；故事一個轉彎，孩子們也跟著東倒西歪，屏氣凝神，浮想聯翩。

教室隨著故事發亮，我都搞不清楚，到底我是蠟燭還他們是蠟燭？

可惜我故事太長，放學下課鐘響了，結尾都還沒燒盡。爸媽們準時，比時鐘還準，早已三三兩兩等在走廊上。

我向孩子們提議下次再把故事說完。

不行！不行！講完！講完！孩子們狂吼。

我說，爸爸媽媽們都在等了，下次吧！

不要！不要！孩子們還吼。

看著這些吼孩子，我與窗外的父母們相視都笑。

「我還要看！」一個孩子突然拔尖了大叫。

轉頭看去，一個粉撲的嫩女孩，個子小小，臉長得胖墩可愛，笑起來酒窩如蜜。

「我還要看！」她對著我大叫，眉眼彎成這世界所有的好奇。

這孩子，聽故事聽得以為自己看見。

彷彿催眠，我滿嘴空口白話，沒改變時間一分一秒；沒改變教室裡的一磚一瓦，只是胡謅了一些雲、河流、樹、果子、牛和屁，就讓一窩孩子炸翻了天，沒想要立刻放學回家，只等著我往下說。

這又是什麼十萬八千里的幻覺？

總聽人說，故事就是魔法云云，我想或許人們說錯了，故事並不是魔法。故事，創造了魔法。

魔法我肯定你不會，也學不來，但故事可以學。學會了說故事，你就能創造魔法。

我寫了超過二十年故事，講故事都有十幾年了，在帶領閱讀或指導他人寫作時，要回答的問題很多，但大概不離兩個面向，一個是「怎麼寫」，另一個就是「怎麼讀」。

如果說我前一本書《因為所以有故事：解構創作思維》是在回應怎麼寫的問題，那麼這本《看得見，才有鬼：修煉故事之眼》在某種程度上來說，就是在回答怎麼讀的問題。我常說：「**眼睛看到哪裡，手就能寫到哪裡。**」在理解了創作思維之後，接著來修煉修煉故事之眼，我想，對於想要施展魔法的人，應該能有一盞燭光的幫助吧。

有了燭光，也許，你就會看見了。

這本書的內容誠然都是我寫的，但一本書要完成，靠我一個人是辦不到的。要感謝的人很多，寫來會很冗長。

就感謝所有出現在這本書以及我生命裡的名字吧。

謝謝你們帶著故事來，希望這本書也能成為你們的故事之一。

PS 如果你找得到超級變變變〈蠟燭〉這段影片，你可以看到表演者的名字，她叫做徐陳美燕，共同演出的還有她的六個孫兒女，他們都來自臺灣。或許，這也是故事創造的魔法。

目錄

鬼魂提煉術

眼睛只是輔助　152

故事變形中

故事總是無法掌握？其實長相不難認識。

故事的名字

故事真正開始的地方

為故事取名字，最重要的是有弦外之音，甚至得讓故事閱讀之前與閱讀之後能有餘音。

「那個世界是如此嶄新，許多東西都還沒有名字，提及時得用手去指。」這是諾貝爾文學獎得主賈西亞．馬奎斯的傳世鉅作《百年孤寂》裡的一句話，就在小說剛開始，尚在做背景交代的那段文字裡。

「玫瑰即使不叫玫瑰，亦無損其芳香。」這句名言出自《羅密歐與茱麗葉》，那是茱麗葉對羅密歐發出的喟嘆，兩人之間的愛情正因為不同的家族姓氏而難以圓滿。

《地海》系列小說裡大法師格得必須緊守自己的「真名」，《哈利波特》裡的角色們連說出佛地魔的名字都不敢，而《死亡筆記本》裡想要殺人就得先知道那個人的名字……。

就像人一樣，故事也有名字。

名字至關重要，具有辨識功能，每個父母在為孩子起名時，必然是絞盡腦汁，翻閱典籍，求神問卜，讓孩子從擁有一個好名字開始擁有一個好人生。如果名如其人，如魚玄機、葉問、諸葛孔明，那自然是美事，那如果王大刀是刺繡的，陳細是個粗獷大漢，往往就令人發噱。

雖然這都是刻板印象，但不得不說，名字非常重要，是我們對人的第一印象，有時比臉還重要，在故事裡甚且用不上臉，但名字大抵是不能缺少的。

一個故事的名字就是題目、篇名、書名，那是故事真正開始的地方，也就是我們對一篇故事的第一印象。題目取得好，能為故事本身生色不少，甚至左右了故事的成敗。

舉個例子，有一本書幾乎所有愛書人都熟知，書名叫《查令十字路84號》，內容寫的是，大約在一九四〇年代末期，一位身在紐約的窮作家，因郵購書籍而與英國倫敦的一家舊書店主人締結交情的故事。兩人或為交易或為聯絡感情，書信往返了二十餘年，遺憾的是，直到書店老闆年老過世為止，兩人竟是終生未得見一面。這是真實故事，曾被拍成電影，英文片名忠於原著，就叫做《84 CHARING CROSS ROAD》而中文片名卻因故一度被翻成了《迷陣血影》，這簡直是牛頭對馬嘴，可以想見當時票房的「慘況」。

寫作是有感而發，若非命題式的作文，文章題目大多是最後產生，甚且還更動再三；但在閱讀時卻正好相反，題目往往最先撞進眼裡，讀者是帶著題目進入故事的，創作者須先有這樣的理解，才不會對題目過於便宜行事。為故事取名字這件事，乍看容易，其實不簡單，除了得吸引讀者，易於記憶，最重要的是有弦外之音，甚至得讓故事閱讀之前與閱讀之後能有餘音。一個細膩高明的作者，在為故事設定名稱的時候，往往暗藏玄機卻又不露痕跡，與故事內容水乳交融，有重力還要加速度。

至於讀者，想要讀懂故事，有時得先讀懂故事的名字。

看看這篇文章。

當他捧著兒子血淋淋的身體，感恩之情不只溢於言表，更溢出了眼眶，醫生與護士向他恭賀，儘管腔調語句都有點公式化，他依然連聲道謝。

妻在產床上吁著氣，他低頭親吻了她。

那是他們第一個孩子，之後，他們陸續又迎來了三個孩子，兩男一女。

夫妻倆很努力把時間換成勞力，把勞力換成金錢，再把金錢換成孩子成長的養分。

當他捧著妻子委頓蒼白的臉，終於理解了時間的意義。

他不再唯利是圖，不再事必躬親，不再把期待放在未來，他開始旅行，學琴學畫學跳舞甚至去學了浮潛，棺材本他花完了，房子也拿去貸款花掉，那時他還不到七十歲。

當他捧著自己的尿袋，三個兒子齊聚療養院看他，還帶來了一些「需要釐清的事務」。

他們說父親花錢太凶，把原本屬於他們的錢都花光了，甚至還留下債務，實在太不厚道。

三個兒子一張臉，都是他的模樣。時間還真是神奇，他心想。

當孩子們捧著他喜孜孜的照片，療養院同感哀戚，並遞給他們一個精緻信封。

上面寫著，內含帳單。

這篇短短的小說，原本篇名叫做〈帳單〉，很不錯吧，諷刺力道十足，也讓人思考親恩與果報。

但後來我發表的時候，幾經思量，把篇名改為〈時間的遺產〉，邀請你細想，是否能感覺到父親自嘲般的豁達以及那股儘管人世糾葛難解，但時間逕自更迭流轉的超脫感？

「時間」就是蒼天，蒼天不仁，對誰都一樣殘忍，當然也同樣仁慈。「帳單」是索討，而「遺產」則是留下，箇中隱含的觀點，乍看沒什麼差別，其實大不同。

當然，哪個更好哪個更差，那是見仁見智，但我想你必也能感覺到，光是更動了故事的名字，就能帶來不同的閱讀視角與思考，而這點，對於故事來說關係重大。

故事命名啟示：

一、以角色為主的故事，大多是人名：《哈利波特》、《阿Q正傳》、《瓦力》

二、以一個時代為主軸的故事：《三國演義》、《雙城記》、《紅樓夢》

三、以一趟旅程為主軸的故事：《西遊記》、《唐吉訶德》、《海賊王》

四、敘述句為題目的故事，通常很冗長：《東京鐵塔：老媽和我，有時還有老爸》、《有五個姊姊的我就註定要單身了啊！》、《柳橙不是唯一的水果》、《張士超你到底把我家鑰匙放在哪裡了》（這其實是一首歌的名字，但歌詞內容就是個小故事）

五、以物件為名的故事：《項鍊》、《孔雀翎》、《七龍珠》、《黃油烙餅》

六、隱含寓意的故事：《百年孤寂》、《過於喧囂的孤獨》、《你的名字》

這僅僅是我整理出來的命題方式，為故事取名的方式當然更為豐富多元，重點是，你想讓讀者如何認識你的故事？題目就是故事本身？題目是故事的延伸？或者題目只是題目，根本與內容無關？

而你自己又是如何看待自己的故事呢？

形狀 故事的

如水滴落般自然的事

故事都是由開頭啟動，慢慢散出角色場景與情節，直到故事結尾再包束起來。

這世界上說故事的招式很多，樣貌各自精巧、分類無限龐雜，讓我們眼花撩亂，頭腦很忙，閱讀的世界也因而精采萬分，但若單純從故事本身的結構型態來看，其實就簡單多了。

來認識一位世界短篇小說之王，他不是莫泊桑，也不是契科夫，他是歐．亨利。歐．亨利的短篇小說有很鮮明的個人風格，情節張揚，結尾則往往出人意表，閱讀樂趣很高。他有一則短篇小說很有名，名叫〈最後一片葉子〉，我想很多人都有讀過。

美國紐約市華盛頓廣場的西邊，有一小部分地區街道紛亂破舊，形成一條條細小狹長，稱之為『街坊』的住宅區。

這是小說呈現在我們面前的第一句文字，古老而典型的故事開頭模式，從景物的描述起始。這樣的風格或許不太能吸引你，但敘述者沒停下來，娓娓說明這是個街道橫七豎八、建築物門戶隱密的怪社區，巷弄歪斜扭曲不說，除非是熟門熟路的在地人，要是外地來的，保你左拐右繞的總會莫名其妙又兜回原地。貪圖著房租便宜，行跡又容易躲藏，一些胸懷大志卻又窮困潦倒的藝術家便紛紛落腳此處，藉以躲避上門追討顏料畫布錢的債主們，形成了一種另類的藝術村，村裡大家習性相投，即便不守望相助，倒也相安無事。

故事的背景便從這個藝術村開始擴張，原來這年正流行著肺炎，村裡都住著些窮藝術家，衛生條件本就不良，這肺炎如狂虐的暴君，三天兩頭的就把人帶往陰曹地府，藝術家們人人自危，卻也無能為力……先有開頭的場景描述襯底，再加上這段背景事件穿引，故事的形狀便逐漸飽滿了起來。

接著，人物登場：兩位年輕女畫家「蘇」與「喬安娜」也是藝術村裡的住戶，兩人是室友，交情很好，既是畫家自然她們都有輝煌大夢，日子雖苦，兩人互相激勵著。然而，命運弄人，喬安娜染上了這致命的肺炎，病得很重，連醫生都搖頭。蘇悉心照料著這位摯友，也想盡辦法鼓勵她，但喬安娜知道自己時日無多，了無生趣，每日只是悲觀的望著對窗外牆上的常春藤葉子，並且以葉子數目來倒數著自己的生命。緊接著，老畫家「伯曼」這位重要角色出現，到此，故事的基本型大致底定，張力慢慢醞釀開來。

後續的情節發展讀者都很熟，就不贅述，想邀請你來看看這篇小說的「形狀」。故事說起來其實是平鋪直敘，從一個不著邊際的場景開始，這時我們還不了解故事，甚至還沒進入故事，直到人物角色逐個出現，情節把故事量體撐開撐大，直到臨界表面。

這裡，我們讀者都在怕，怕故事爆開，或者更令人失望的，倒縮回去。

緊接著，在一夜風雨之後，歐·亨利給了讀者很有意思的收束，我們入戲很深，帶著一股沉重的遺憾與惆悵感，故事隨即快速收尾，彷彿一顆上尖下圓的水滴形狀。

故事的生成，通常需要一點篇幅和時間，除了鋪陳情節，也是為了勾住讀者好奇，不讓他們太快得到滿足，這是所有故事的通則。而當故事終於走到最飽滿的情節高潮，結尾便須俐落收攏，別拖泥帶水，否則夜長夢多，情節散亂，主旨模糊，連讀者剛得到滿足的閱讀感也會隨之被沖淡，那可就毀了一篇好作品。

所以，姑且不論故事是怎麼寫成的，我們要了解的是，通常一個好的、耐讀的故事原型，大約會是水滴狀的。

當然你會說你讀過許多小說，不見得都是那樣的。我得說，你讀的並不是故事本身，那是作者說故事的技巧太高明，讓你覺得故事形狀繁複奇異，如果你把小說讀完，試著重新歸納整理，時間順序剪輯好，前因後果釐清楚，你便會發現，它還是一個完整圓滿的水滴形狀。

可以說，這世界上的故事都是水滴變出來的。

為什麼故事都會是這樣的形狀？

因為所有的故事都必須有頭有尾，而故事裡的事件一開始離讀者遠，尚且還無足輕重，動能不夠強，無法自己從頭走到尾，得要有鋪陳，鋪陳就是使故事形狀飽滿起來的動力。開頭的任務是往結尾前進，而結尾則必須收攏情節的枝枒，承住事件往結局前進的能量，使主旨完成，圓滿交代。所以，所有的故事都是由開頭啟動，慢慢散出角色場景與情節，使內涵飽滿，直到故事結尾再包束起來，自然便會形成水滴狀，當水滴成形，故事也就完成了，只待自然滴落。

當然，這只是故事本身的形狀，至於要如何向讀者形容這個水滴，從下面開始、從上面開始，或是要把水滴切開來，從中間向兩邊形容去，那就是個人的能力與喜好了。

每個好故事都該有漂亮形狀，下列建議供你參考：

一、當你讀完一則精采絕倫的作品，佩服作者之餘，試著整理作品裡的時間順序、剪輯情節，把它還原成故事本身，看看它是不是完美的水滴形。然後，再回頭思考一下，作家是如何運用手法，把簡單的形狀變成讓我們想破腦筋卻又好看到爆的作品。

二、當你有一個好的靈感，卻苦不能寫出精采作品的時候，先別去想一些花招繁複的情節分枝，試著把故事的大綱寫出來，抓出它最原始的形狀，看清故事的原型後，再慢慢的去形塑它、組織它、裁剪它，故事就會變得越來越有趣。但還是切記，別讓最原始的那個故事形狀消失，這篇迷人的作品可是依它而生的。

三、若我們把整篇文章形容成一顆完整的大水滴，那麼，其中的段落便是一個一個的小水滴，小水滴蓄積成大水滴；段落組構成文章。練習這樣子去思考，書寫時你的文章段落之間就會起落有致，而且還能貼緊主旨，不會寫著寫著就荒腔走板，難以收束。

四、其實所謂故事的形狀，就是故事的結構、大綱，寫作時如果能先掌握好文章的結構，先花一點時間把大綱簡單擬好再依序書寫，你的文章讀起來便會自然流暢，主旨清楚、首尾完整，而且結構漂亮。

故事的**容器**

新的不是新的，舊的不是舊的

舊與新其實不是對立面，它們各只是一種選擇，
新舊混雜也是一種新。

身為創作者，我知道你無時無刻都想著要寫出一個精采萬分的故事，然而某些時候，你也許會抱怨自己出生得太晚，這世界上所有的題材都被寫光了，再沒有一個好故事可以寫。

先別抱怨了，或許你沒聽過這個故事：

從前從前，有個美好富足的國家，國王仁民愛物，皇后端莊大方，公主則善良可愛。有一天公主被惡龍抓走了，國王非常傷心，重金懸賞勇士前往屠龍救公主，並承諾：如果有任何人救到公主，國王就會把公主許配給他。果然來了一位勇敢的騎士，不畏險阻到遠方的森林，殺了惡龍，救了公主，公主非常開心，國王也很開心，就把公主許配給了騎士，兩人從此過著幸福快樂的日子。

你一定覺得我在整人，搞不好還想罵人！

這故事相信你再熟悉不過，讀都讀膩了，一點閱讀樂趣都沒有。好吧，那這個故事應該可以滿足你：

美麗驕傲的公主在花園裡玩著金球，突然金球掉落到井裡，那是她最珍愛的一顆球，公主為此哭泣不已。突然，旁邊有隻青蛙開口說話了，他說如果公主願意親吻他，他就幫公主撿球。公主為了金球毅然答應了，但當青蛙撿來了球，她卻遲遲不肯實現承諾，情節百般曲折之後，公主終於首肯，低下頭來親吻這隻醜陋的青蛙，沒想到被親吻的青蛙搖身一變，成了一個帥氣的王子，兩人從此過著幸福快樂的日子。

如何？厲害吧！

我想，你大概快要翻臉了！是的沒錯，公主、惡龍、青蛙、王子……這些都是老掉牙的舊故事，別說聽了，拿出來講都有點不好意思。但是，有時候就是覺得故事好難，變不出新把戲來，怎麼辦呢？

那就從舊的故事裡去找吧。

一樣是屠龍救人的故事，來看看下面這則故事：

艾莉莎是一位美麗的公主，她就要和雷諾王子結婚了，這時卻跑來了一隻噴火龍，把雷諾王子搶跑了不說，還把艾莉莎公主美麗的衣裳都給燒毀，情急之下艾莉莎公主只好隨便套上一個紙袋，為愛走天涯，前往屠龍救王子。千辛萬苦還絞盡腦汁，艾莉莎終於救回雷諾王子，但雷諾王子卻嫌棄她的穿著不得體，沒有皇家氣質，兩人大吵，就此分手。

與雷諾王子分手之後，艾莉莎公主從此過著幸福快樂的日子。

怎麼樣？這組公主與王子的故事聽起來還不錯吧。這是繪本《紙袋公主》。

再來一則公主與青蛙的故事：

史瑪蒂公主喜歡單身生活，不想結婚，她養寵物、穿長褲、騎越野車，日子過得逍遙自在，不亦樂乎。但國王與皇后卻成天逼她結婚，她只好開出許多嚴苛條件，讓那些求婚的王子打退堂鼓。沒想到這天，來了個與史瑪蒂公主棋逢敵手的厲害角色——史瓦斯王子，他完成了公主開出的所有艱難條件，公主也信守承諾，獻出了那神奇的一吻。沒想到這一吻，王子卻變成了青蛙，氣得他二話不說就離開皇宮。

史瑪蒂公主從此過著幸福快樂的日子。

哈哈，有趣吧？不只有趣，還有點內涵呢。這是繪本《頑皮公主不出嫁》。

讓我們再回到文章開頭，人類說故事說了幾千年，幾乎把所有故事類型都說盡了，有時候想要構思一個全新的故事題材，確實挺不容易。但是說來奇怪，總也有人能不斷寫出有趣吸睛的故事給我們看，那又是為什麼呢？

我想，那是因為你腦袋裡總想著「新」，而那些作家卻不排斥「舊」，他們為舊故事找到了一個新的容器，或者反過來說，他們把新故事裝進舊的容器裡。

正所謂「舊瓶裝新酒」，瓶子是舊，裡頭的酒是新，新舊互為表裡，乍看像是陳舊的，喝起來卻是新鮮的，就是這樣的意思。故事固然可以拆解為各種元素，但我們讀故事時要的是整體性，整體好，基本上閱讀感就會是好的，舊與新其實不是對立面，它們各只是一種選擇，新舊混雜也是一種新。

所以，故事的元素固然有新有舊，但組合這些元素的方法可沒有限制。

當你腸枯思竭，找不到題材時，可以試試下面幾個建議：

一、經典元素借來用

比如武林中的九大門派這個概念，已經幾乎被所有的武俠小說共享了。又如《復仇者聯盟》第二集裡，就借用了小木偶這個形象來塑造奧創。

二、角色大搬風

把舊故事的男生變女生，配角變主角，或者更多。比如動畫《神偷奶爸》配角小小兵，爆紅後成了另一部電影的主角。另外，日本動畫《怪物的孩子》幾個主要角色，都有點《西遊記》唐僧師徒的影子，讓人熟悉又覺得新鮮。

三、故事大改造

以舊故事為基底，大幅更動情節角色等結構，呈現出全新面貌。比如動畫電影《冰雪奇緣》就是安徒生童話《雪女》的重新編寫版，結尾是大翻盤。有部中國大陸愛情電影《北京遇上西雅圖之不二情書》，就是以《查令十字路84號》這本文學作品為核心，打造出全新的故事來，票房十分亮眼。

四、時空大跳躍

有點穿越的味道，把經典故事的場景或年代改變，玩出新的風貌來。比如影集《新世紀福爾摩斯》就把福爾摩斯從十九世紀帶到二十一世紀的現代世界來。而經典名著《金銀島》，則被改成科幻電影《星銀島》令人耳目一新。

五、元素大拼盤

顧名思義，就是抓幾個舊故事的元素來組合，變成一個讓人會心的新故事。比如電影《一級玩家》就是許多電玩元素的組合，另外，有個故事改編的動畫叫做《捍衛聯盟》，裡頭把聖誕老人、復活節兔、睡魔沙人和牙仙子等童話角色組合在一起，碰，新故事出現了。

新鮮的故事人人愛，不過，有時候你大可不必被「新」這個字眼困住，試試為舊故事換個不一樣的說法，或許，就是另一個好故事。

故事的選擇

讓每個讀者都想問然後呢？

說故事其實不難，
只要在情節裡不斷的出現「選擇」。

電視上談話節目很多，其中一位名嘴，很喜歡說這幾句話：「知道事情內幕的人只有三個，一個死了，一個是我，一個我不能講。」

這是很厲害的說故事技巧，真能把實情說下去的，其實只有一個人，但觀眾卻被誤導，還以為有三個選擇，甚至還會對另外兩個人產生好奇。（為什麼死了？又為什麼不能講？）所以，每當我聽到這幾句話，非得聽他把葫蘆裡的藥掏出來賣完不可，因為實在太想知道後續發展了。

身為一個稱職的電視觀眾，你可能大受吸引，聽得耳朵出油也要把真相搞清楚，但是當你自己也變成創作者時，便該有自覺，你就是那個說故事的人，就是唯一一個從故事裡生還的人，所有的讀者只能聽你說，揪心的問你：「然後呢？」

然後，我們來看一段小故事。

一天早晨，有個叫西蒙的男人，坐在家裡的椅子上，戴著耳機聽音樂。

然後，隱約之間，門鈴響起了。

門鈴響了一次、兩次、三次。

西蒙都不理，因為他害怕那會是好朋友葛瑞格來按門鈴，他今天早上才在附近看見一個貌似葛瑞格的人，他不想要葛瑞格找到他。

他有深刻預感，現在門後站著的，一定就是葛瑞格。

所以，他不想理會這門鈴聲，讓耳機裡的音樂帶他到遠方。

但是門鈴很頑強，響了五分鐘、十分鐘，一直到二十分鐘還不停。

然後，西蒙終於忍不住站起來，走過去開門。

門打開，門口竟沒人。

西蒙左看右看，確實沒人，但鈴聲卻還響著。

難道有鬼？

西蒙仔細看了看門鈴處，有根小火柴棒塞在按鈕縫隙裡，致使門鈴無法彈回，響個不停，看來是鄰居孩子的惡作劇。

原來不是葛瑞格。

西蒙鬆了一口氣，讓門敞開著，轉頭進屋找工具，回到門邊，把小火柴棒挑出來，響聲止息，一切終於回歸平靜。

但在平靜中，卻有一股微弱的氣息，從樓梯口逐階傳上來。

西蒙暗驚，怯怯的從樓梯口探頭下去看。

不是葛瑞格，是隔壁的老太太，提著大包小包，正氣喘吁吁的走上來。

基於禮貌，西蒙幫老太太把東西提進屋裡，並與老太太簡單閒聊了幾句，老太太要西蒙幫忙把廚房的窗子打開，他也照辦了。

窗子一開，一股強勁的風從外面吹進來。

西蒙聽見自己的家門「碰」一聲，他趕緊回家查看，果然，門被老太太家灌出的強風給關上了。

就這樣，西蒙一個人沒穿鞋子站在自家門口發呆，他猶豫著要不要回頭找老太太幫忙，請她幫忙找鎖匠。

然而下一刻，西蒙卻做了一件讓讀者匪夷所思的事情。

他緩緩的伸出手，按了自家的門鈴。

儘管他知道家裡沒人，但他還是不停的按著自己家門鈴，就像個來訪的客人一樣。

然後，門無端端的被打開了。

那位貌似葛瑞格的人此刻站在西蒙屋裡，對他說：「你被關在門外了嗎？」

「葛瑞格？」西蒙狐疑的問。

「喏，趕快進來，我的天！」那人說。

然後呢？

然後，知道事情內幕的人只有三個，一個死了，一個是我，一個我不能講。

你得自己去看。

這是一本小說的開頭章節，書名是《被帽子吞噬的男人》（注）

但重點不是書名，重點是我們要知道作者是如何讓情節進行下去的？

說故事其實不難，只要在情節裡不斷的出現「選擇」就好，用許多非此即彼的二元組合，就像等比級數，讓故事以簡單的姿態往越來越複雜的岔路上走去，只要別崩壞了故事邏輯的邊界，很容易就能吸引人。

看看這則故事裡的諸多選擇。

開場是西蒙坐在家裡聽音樂，然後呢？你會選擇如何打開這個僵局？

一定會發生事情，但事情會發生在屋子裡還是屋子外？有人出現或是其他事物？

然後，門鈴響了。

門鈴響了之後，該讓西蒙去應門或不去？

西蒙選擇不去，然後呢？

門鈴繼續響，響到西蒙不得不去應門。（那麼，剛剛的不去就很有意思。）

門外該要站著誰呢？他好友葛瑞格？（這未免太好猜）

如果不是葛瑞格，又會是誰？

結果，作者讓門外沒有人，只有一根火柴棒。

然後呢？西蒙該如何處理？他讓門開著（好危險！），走入屋裡去拿工具來排除問題。

問題排除了，然後呢？

葛瑞格的狀況暫時排除了，你可以選擇繼續有事情發生，也可以讓這件事只是虛驚一場。

而作者做出了選擇，他讓一個老太太氣喘吁吁的出場。

然後呢？西蒙會怎麼選擇？

西蒙幫了她一把，還進了她家門。然後呢？

這個選擇導致了西蒙自己被鎖在門外。

然後呢？然後，聰明的作者又帶著我們兜回開頭，首尾呼應，葛瑞格竟然出現了。

情理之中，意料之外，張力十足，讀起來非常過癮。

不只是故事，人生中原本就充滿了選擇，這段情節裡，主角西蒙從門鈴響起就開始做選擇，每個選擇都導致了難以預料的結果，逼使西蒙必須再做一次選擇，層層選擇看似隨機無常，其實都是作者巧思縝密的安排，環環相扣。

所以，故事說起來很簡單，真正做選擇的其實不是讀者，而是作者。

在故事裡安排選擇，作者可以選擇幾種方法：

一、每次只有一個選擇

讓讀者覺得角色的選擇只能有一個，至少，暗示讀者其中一個選擇是對的，不管讀者相不相信，情節展開後，意料之內或意料之外，都能帶來滿足。

二、伏筆千里

在故事進行中，利用預埋伏筆的方法，讓每次出乎意料的選擇出現時，都有前情可以解釋，故事便能在情理之中，令人感到驚喜。

三、擠牙膏式的選擇

乾脆什麼都不說，連情境背景也幾乎不透露，只在情節推進中，一點一滴的呈現出來，讓讀者完全摸不著邊際，那麼，不管主角會做出什麼選擇，都是某一種合理。

四、一堆平庸的選擇

別挑戰讀者，故事能怎麼好猜就怎麼寫，儘管滿足讀者的閱讀優越感，如此，就能把他們的敏銳度降低，然後抓緊一個關鍵的、出乎意料的、漂亮的選擇，讀者著了道，也只能跪著讀了。

（注）《被帽子吞噬的男人》，繆思文化出版

視角
故事的

真相永遠只有一個？

有敘事者，就會有「敘事者的視角」，它是看見故事的眼睛。

「真相永遠只有一個！」名偵探柯南每次探案都這樣苦口婆心的告訴我們。但是，日本作家芥川龍之介的傳世作品《竹林中》卻寫出了一篇沒有真相的故事。

到底是江戶川柯南說得對，還是芥川龍之介寫得好？真相或許不只一個。

還沒有文字之前，故事就已經存在。最早的故事是口耳相傳的，所以必然會有一位講故事的人，也就是「敘事者」，敘事者可能是故事中的角色，也可能並不在故事中。而既然有敘事者，就會有「敘事者的視角」，這個視角很重要，它是看見這個故事的眼睛，代表一種特有的觀點，它也是故事情節表現的方式，可以技巧性的引領讀者進入故事，也能決定要對讀者表露多少。

作者書寫時，必得為故事創造一個敘事者，敘事者有時幾乎等同作者，但敘事者只會留在這個故事裡，他有自己的腔調與觀點，述說著他參與或看見的故事，而作者創造這一切。你可以用一種筆調寫一則故事，用另一種筆調寫另一則故事，作者只有一個，每篇故事卻有不同的敘事者，這就是作者與敘事者的關係。

回到芥川龍之介的短篇小說《竹林中》。故事的梗概是這樣的：

「在一片竹林深處，有位日本武士的屍體被發現了，屍體有刀傷，這是命案，檢察官便逐個審問關係人，展開辦案。

關係人總共有七位，文章篇幅的關係，這裡只呈現最主要的三位角色的說詞，有興趣的讀者可以去找全文來閱讀。

首先是主嫌犯多襄丸的供詞。他說道，因為垂涎武士妻子的美色，將兩人騙至竹林中，綁住武士之後侵犯了武士的妻子，沒想到事後武士的妻子卻哀求他把武士殺了，理由是不想要受辱的事情被兩個男人看見，她願意跟隨強大的男人，但另一個一定要死。

多襄丸覬覦女人的美色，但不屑不戰而勝，便解開綁住武士的繩子，與之公平決鬥，最後多襄丸一刀刺進武士的心窩，而那位妻子卻早已不見人影，多襄丸偷了馬、取了武器，便走人。

這當然是盜賊多襄丸的視角，看起來是極力美化了自己。

而那位妻子的視角所見又是如何呢？

事後，她隱身到一處寺廟裡去懺悔，嘴裡喃喃說著，因為在丈夫面前遭辱，覺得痛不欲生。偏偏被綑綁著目睹這一切的丈夫，不僅不能理解體諒，嘴裡被塞滿落葉的臉上所顯現的，還盡是鄙視與埋怨的神情。這位性情剛烈的女子，無路可走，只有結束生命這條路。她找來小匕首先殺了丈夫，卻在要自殺時膽怯了，下不了手，最終自怨自憐又渾渾噩噩的來到寺廟膜拜，祈求救贖。

故事來到最後，事情更玄了，連那位死去的武士自己都來說上一段，他利用無形的力量從地獄回來，藉由靈媒之口，說出自己死亡的真相。

因為被綑綁在樹下，又看著自己妻子被欺負，武士當然義憤填膺，盜賊還想遊說武士妻子跟他走，武士嘴裡被塞滿竹葉，口不能言，只得緊張的對妻子不斷使眼色，卻是徒勞無功。不僅如此，妻子竟還要求盜賊殺了自己的武士丈夫，這種要求連盜賊都聽不下去，一腳把女人踢倒在地，沒想到這女人機靈，乘機逃亡森林深處，一溜煙不見人影。盜賊眼見女人遁逃，悻悻然的把武士身上的束縛解開後，便自己逃命去。解脱的武士孤單的站在林中哭泣，他百感交集，萬念俱灰，竟然想不開尋短了，一把短刀刺進自己心窩，就此闔眼陷入黑暗。」

這位倒霉的武士總共死了三次，每次都死於不同人之手，聰明的你，認為真相是什麼？當然，這不是卡通柯南，這是經典文學作品，作者並不是要我們找到真相，而是要我們看見每個人的視角，以及視角背後的恐懼、虛榮與自私，這些都是人性。

若從善惡、對錯或者一定要有個真相大白的精采大結局這樣的角度來看，這篇小説可以説是爛透了，根本沒有結尾嘛。然而，真正厲害的文學作品是寫出人性，而不是寫出絕對的對或錯，如果堅持對錯，故事只會有一個真相；但如果你願意細膩的探討人性，理解身為一個人的各種面向，那麼，全世界就是一片巨大的竹林。

每一篇故事都必須呈現觀點，沒有觀點就不會有衝突，那麼故事就幾乎不會成立。觀點是由視角帶出來的，站在什麼位置觀看，便會產生什麼觀點，所以，故事有沒有一個好梗固然重要，但在書寫之前更要先思考的是，你想要選擇什麼視角來說故事。有幾個小提醒：

一、在閱讀故事時，試著理解這是從哪位角色的視角或什麼觀點來敘述的，比如你有想過《哆啦A夢》這套漫畫說故事的人是誰嗎？而故事又是採取哪個角色的觀點呢？這個觀點帶給我們什麼樣的閱讀感？

二、閱讀一定要帶著思考。當你讀到灰姑娘這樣的故事，你為灰姑娘感到悲傷、為她焦慮憂愁，這是因為敘事者站在灰姑娘那邊。如果這個故事的敘述視角是那位後母，想一想，故事還會是我們現在看到的樣子嗎？誰會是好人？

誰又成了壞人呢？

三、在準備書寫時，先思考一下，你想要寫什麼樣的故事？寫實的？敘事的口吻就得有真實感。奇幻的？那麼也許可以稍誇張一點。敘述視角須與敘述口吻配合，而當故事的敘述口吻大致決定後，要由誰來敘說故事呢？

四、當我們選定了一位人物的視角來說故事，該如何從他的角度來剪裁故事？他該帶讀者看見什麼？他不能看見什麼？他要愚弄讀者或對讀者一片赤誠？而這又會不會影響閱讀觀感以及結尾的力道？

五、有一點需特別注意，敘述故事的不一定是故事中的人物，他有可能躲在故事背後，根本不存在故事裡，僅出聲音（文字），用一股特別的腔調口吻，對著讀者訴說這個故事。

你可以這樣理解，故事必須述說，敘述者只是一種抽象的概念，用以表示

「有人」正在對你說著故事，而故事既是「有人」說出來的，永遠會帶有觀點。

有句俗話是這麼說的：「換了位置就換了腦袋」。比喻人升了官或轉了職，行事為人便不同以往，變得笨拙或無情或奉承討好或優柔寡斷，總之，這是一句帶有諷刺意味的話。但我們如果願意往深處再細想：為何換了位置就換了腦袋呢？應該就能明白，當位置換了，看待事情的視角便有所不同，而當視角不同，延伸而來的思考面向就完全不一樣了。

事實上，本來就應該換一個腦袋，因為一個不同的觀點，已經隨著位置的轉換而產生了。故事的書寫也是如此，如果你想寫一個「值得討論」的故事，而不是只在情節上爭奇鬥豔，試試看用敘述視角來思考吧。

真相或許只有一個，但看待真相的觀點肯定是因人而異的。

風格

故事的

每個字都有個性！

文字風格，包含挑選字句的習慣、善用的比喻、剪裁故事的方法、偏愛探討的主題，簡單說，就是讓作者（的作品）有辨識度。

你能寫故事，寫得還挺不錯，但是，你的文字有自己的風格嗎？

文字風格是一個創作者的身分證，當你慢慢掌握自己想表達的東西，創作出一些「好像」還不錯的作品，便要開始認真思考，如何在市場上數不清的故事文字裡，寫出屬於你自己的風格。

一個村子被惡霸占領了，惡霸們肆意掠奪，而且極權管理，搞得民不聊生，村民們苦不堪言，都沒東西吃了。不知從哪裡傳來的謠言，說不要拉屎，肚子可以比較不會餓，所以人們都不太敢拉屎，甚至連屁都不敢放一個，廁所生意很不好。

某天，這群惡霸終於被趕跑，村長恢復職位，村民們歡欣鼓舞之餘，什麼都不做就是先到茅房裡拉了再說，一時茅廁裡大鳴大放，霹靂啪啦的不只拉屎還兼著放屁。

這樣的文章，讀起來是粗鄙，但文字裡卻能透出一股草根性，彷彿我們就看見那樣的村民，講著那樣的話語。如果文章裡把「拉屎」說成是「如廁」，那肯定敘述者是個大學教授；如果說「拉屎」是「棒賽」，那就是個土生土長臺灣人；如果說「拉屎」是「撇條」，那敘述者應該調皮一些，如果把「拉屎」說成是「去參觀廁所」，那大概是個自以為幽默的中年宅男，如果說「拉屎」是去「洗手間」或「補妝」，可能就是個優雅的女士。

文字風格說起來簡單，真正用到深處，就不只是用字遣詞，舉凡對故事情境的鋪陳、人物的形塑描述，甚至故事主題的呈現方式，都可以形成一種風格。

是個飽滿的下午，盛夏就站眼前，閃也不閃，風吹來像電鍋蒸過，會沾臉。雲團吃水飛不高，滿天冒著泡泡，遠山一座一座乖乖蹲著，讓雲洗頭。

暑假孩子多屋子小，若屋頂能掀開，他們真的會想辦法。因此，午後暑氣稍弱，便帶他們踩腳踏車出團，到鄰近小學操場去玩球消耗精力。

騎進校園，腳踏車停好，球才落地，地面就長出斑點。一開始是小雞啄米，逐漸像瓢蟲翅膀，最後密集起來如茶葉蛋紋。

「下雨了！」最小的孩子兩手按著頭頂，朝天空大喊。四歲不到，聲音還無畏無懼，我都感覺雨抖了一下。

「我們趕快躲雨吧！」未戰先敗，士氣大傷，但求全身而退，我只好下令撤！大夥垂頭喪氣牽著腳踏車躲到穿堂廊下，看雨親吻馬路。雨愛土地，每球雨滴都情意滿滿，像久別情人飛奔的唇，啾啾啾把路親得滿臉唇印，一朵一朵花開。

在描寫畫面時，我個人傾向簡潔用字，使節奏流暢明快，這是我的小品文〈孩子的雨〉裡的開場段落，文章主寫旁觀孩子的快樂，我盡量採用輕盈可愛的比喻，使讀者可以感受到雨中孩子的天真與開創性。

> 得參的母親，在他二十一歲那一年，得了一個男孫子，以後臉上已見時現著笑容，可是亦已衰老了。她心裡的欣慰，使她責任心亦漸放下，因為做母親的義務，已經克盡了。但二十年來的勞苦，使她有限的肉體，再不能支持。亦因責任觀念已弛，精神失了緊張，病魔遂乘虛侵入，病臥幾天，她面上現著十分滿足、快樂的樣子歸到天國去了。這時得參的後父，和他只存了名義上的關係，況他母親已死，就各不相干了。

這是賴和最著名的小說《一桿稱仔》裡的橋段，我們看看，雖然寫的是社會底層的鄉野村夫，但因為賴和學養豐富，身懷日文、中文與閩南語的文學底子，他的文字我們讀起來就是有一股混雜著臺日風格的文雅氣息。

> 呼蘭河城裡，除了東二道街、西二道街、十字街之外，再就都是些個小胡同了。

小胡同裡邊更沒有什麼了，就連打燒餅麻花的店鋪也不大有，就連賣紅綠糖球的小床子，也都是擺在街口上去，很少有擺在小胡同裡邊的。那些住在小街上的人家，一天到晚看不見多少閑散雜人。耳聽的眼看的，都比較的少，所以整天寂寂寞寞的，關起門來在過著生活。破草房有上半間，買上二斗豆子，煮一點鹽豆下飯吃，就是一年。

在小街上住著，又冷清、又寂寞。

一個提籃子賣燒餅的，從胡同的東頭喊，胡同向西頭都聽到了。雖然不買，若走誰家的門口，誰家的人都是把頭探出來看看，間或有問一問價錢的，問一問糖麻花和油麻花現在是不是還賣著前些日子的價錢。

間或有人走過去掀開了筐子上蓋著的那張布，好像要買似的，拿起一個來摸一摸是否還是熱的。

摸完了也就放下了，賣麻花的也絕對的不生氣。

於是又提到第二家的門口去。

第二家的老太婆也是在閑著，於是就又伸出手來，打開筐子，摸了一回。

摸完了也是沒有買。

等到了第三家，這第三家可要買了。

蕭紅是中國東北人，一生命運乖舛，這篇是節錄自她自傳式小說《呼蘭河傳》，她的文字看來樸拙，像孩子寫的，還帶點戲謔，但字裡行間觀點開闊，慧黠聰敏，情感真摯，讀後笑後總能感覺到一股悲憫蒼涼，後座力很強。

這些，就是文字風格。

文字風格與敘事腔調略同，卻又很大不同，有時容易被混淆。敘事腔調是作者在每則故事裡選擇要或應該要出現的敘說方法，對應於該篇小說的主題內涵與角色情境，是一種說故事的口吻，故事結束它就結束了。而文字風格則比較接近作者個人的品牌標記，包含挑選字句的習慣、善用的比喻、剪裁故事的方法、偏愛探討的主題等等，簡單說，就是讓作者（的作品）有辨識度。

雖然文字風格與敘事腔調不太一樣，但仍須混為一談。

一、了解故事體質

首先，你要非常清楚自己要說什麼故事，嚴肅的，通俗的，奇幻的，寫實的或浪漫的，每種故事都有其適合的敘事腔調，仔細掌握，那就會是故事風格的基底。

二、認識角色定位

書寫故事時，一定要明確的認識故事裡的角色，除了男女老少，他是什麼職業？喜好？在什麼地方長大？遇到事情怎麼解決？是否有成長？都影響著你要用什麼文字去描述他（她）。

三、找到自己的句子

接下來就重要了，你需發展一種自己獨有的，述說故事的用字風格。

就我的經驗，練習寫短故事很有幫助，短短的幾百字，角色場景俱足那種小故事，主題隨便想，別太傷腦筋。

故事完成後，先別急著高興，試著用另一種風格的文字再寫一次，然後再一次……直到你受不了了。這樣做，除了是一種書寫練習，也可以讓你自己看看，哪樣的風格語言甚至故事類型更適合你。

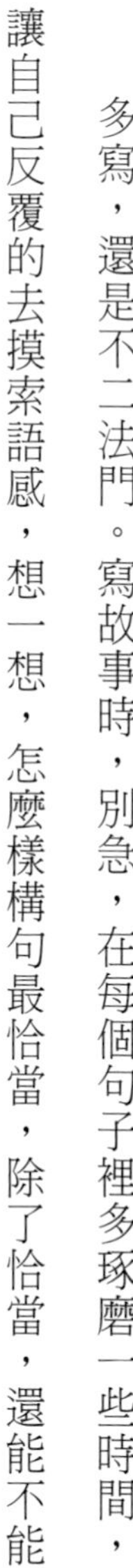

四、反覆練習幾次

多寫，還是不二法門。寫故事時，別急，在每個句子裡多琢磨一些時間，讓自己反覆的去摸索語感，想一想，怎麼樣構句最恰當，除了恰當，還能不能更有風格？

寫久了，風格自然會找上你。

情緒

故事的

眼淚必須省著用

角色的情緒不是情緒，讀者的情緒才是情緒。真正令讀者感動的，是動作、對白、神情背後所勾起的同理感受。

想像一下，現在有個五歲的孩子走失了，孩子媽媽悲痛不已，傷心自責，耗盡心力尋找，然而日子一天一天過去，悲傷熬煮成麻木了，孩子卻依然毫無音訊。

時間輾轉十幾年過去，這天警局傳來通知，說孩子終於找到了，媽媽自然喜出望外。當警車把已經長成青年的孩子載回家，背景音樂應該是慷慨激昂的打擊樂器與管絃交響，而姍姍走出家門的母親必然涕淚縱橫，母子倆一見面就是緊緊擁抱，各自哭得嗚咽不止，互相傾訴這幾年來不曾停止的想念，兒子還要跪倒在地，哭訴著：孩兒不孝……等一下，等一下，這應該是那些粗製濫造的電視連續劇情節，你不應該寫出這樣的文章。

人的感情是很微妙很複雜的，故事裡的人也是如此，雖然哭是一種簡便又有效的煽情方式，但不是每種悲傷都適合哭，也不是每種哭都要流鼻涕。

洪醒夫有一篇很有名的短篇小說，叫做《散戲》。內容講的是社會變遷，媒體推陳出新，歌仔戲這種傳統藝術日漸式微的荒涼處境。過往，「玉山歌劇團」是歌仔戲名團之一，訓練紮實，表演精采，所到之處是萬人空巷，聲勢轟動。

如今卻落得做一場就得賠一場，每次演出時，臺下觀眾只見小貓兩三隻，景況淒慘。小說主角是戲團臺柱之一「秀潔」，她在這最後一場戲中飾演薄情郎「陳世美」，大家意興闌珊，把一場重頭戲演得荒腔走板，她心眼細膩，一邊扮演陳世美，一邊在眼底心裡感嘆著往日榮景不再。

她思量著，戲團是怎麼會走到今天這個地步的，而金發伯又是如何從一個意氣風發的劇團領導，變成一個成天喝酒演戲忘詞的怪老頭，為了與旁邊的現代化歌舞團尬場，甚至還逼迫她在歌仔戲臺上大唱流行歌曲，荒謬至極。

故事寫得很有感情，到了最後，因為團員間的一場小衝突，劇團早已敗絮其中的體質被揭開，團長金發伯終於痛下決定，宣布當天晚上那場戲演完之後就要解散劇團，算是名副其實的「散戲」了。

不管是小說或歌仔戲，走到這樣的結尾，當然令人心酸，我們來看看結尾那場戲。

「我看我們這樣下去也不是辦法，大家這樣懶散隨便，怎麼能夠把戲演好？今晚這一場，大家拿出精神，認真做，不管有沒有人看，我們要演一場最精采的！……我選的戲目是『精忠岳飛』，演『十二道金牌』，『玉山』的招牌戲！你一定記得以前我們演這齣戲時，臺下人擠人的好光景……我們一定要好好做，做完這一場，我想，『玉山』是應該解散了，大家去找一點『正經的』事情做，好好過日子，從此以後，誰都不要再提歌仔戲了……」

末了，他慈祥的拍著秀潔的肩膀說：「晚上吃飽一點，才有精神……你要把岳飛的精神演出來，像以前那樣，不，要比以前任何一場都好……你以前演得真好，今晚一定會更好！」

秀潔沒有回答，金發伯也沒有繼續說下去，兩個人在剛暗來的天色下抽菸，火光一閃一滅，照見彼此的臉。秀潔清楚的感覺到，心中有一股激烈的什麼，在急速的擴張著。

這樣站了一會兒，金發伯突然奇怪的、異常的大笑起來，笑了一陣，才說：「當然，你可以放心，我保證，金發伯給你保證，不會再強迫你唱流行歌……哈哈……。」

秀潔聽出他是有意幽默，有意製造輕鬆，有意大笑；胸中一時千頭萬緒，五味雜陳，聽著金發伯那樣的笑聲，竟比哭聲更令人難承受，卻也只能附和著笑！

笑聲停歇，她竟在一種自己無法控制的、莫名其妙的情緒下提高嗓門，朗聲答道：「你不要妄想！……就是你逼我唱，我死也不唱，看你這小小的開封府尹，又怎麼奈何得了本宮！」

不必刻意去學，那口氣就是陳世美的口氣，字正腔圓，功力十足。

其他人聽了，都哈哈大笑，鬧成一團。只有金發伯默不作聲，他低垂著頭，抽著紙菸。秀潔抑制著內心的激動，轉頭去看戲臺。在剛暗下來的天色裡，猶未燃燈的單薄的戲臺，便在她的眼中逐漸模糊起來。

一滴眼淚都看不見，卻讓我們讀得心裡發酸。

說故事的人都要知道一點，情節裡所有的愛恨情仇，服務的都不是故事中的人，是讀者，角色的情緒不是情緒，讀者的情緒才是情緒。真正能令讀者感動的，不是讓角色放聲大哭或憤憤不平的激動表現，而是那些動作、對白、神情背後所勾起的同理感受，再進一步說，就是要夠「真」。開頭那個例子太不真實了，母子兩個分離十幾年，母親老了兒子大了，而回憶，都舊了，怎麼可能一見面就抱在一起嚎啕大哭，至多，也不會兩個都哭，那孩子失蹤時才五歲呀！

再含蓄一些，再緩慢一點，眼淚別下太多，等讀者也醞釀了同理的情感之後再來哭，也許會更好。

故事裡，表達情緒的方法很多，想要寫得有內涵一點，這裡有幾個提案：

一、細膩而客觀的描述

不直接說出角色的情緒，而是著力在角色的肢體動作、表情或語言等外在形象的描寫，藉以呈現出在表徵底下飽漲的情感張力，保證讓人讀完深吸一口氣。比如一個角色明明很難過，但我們別讓他哭，而是描寫他渾身顫抖，默不出聲，只是兩手貼在身側，死死的握拳，把一排手指捏得都泛黃發白……。

二、製造反差比

就如前文《散戲》的例子，明明是悲傷得要命的最後一場戲，秀潔卻拔高了聲調，胡亂的唱出一段戲詞，引得旁人哈哈大笑，這時，便能顯得金發伯的落寞與秀潔的不捨，似乎更深刻了。

三、活用象徵物

找一個象徵物品來承擔角色的情緒，比如「她等了數十年，依然等不到他回來，當歲月逐漸老去，有一天，年輕時他送給她的那串珍珠項鍊，『刷』的一聲，斷了，珍珠滴滴答答的落了滿地……」那你想，這滴落的珍珠，能代表什麼呢？

呼應

故事的

終點有時就在原點

文章的首尾有了呼應，就會帶來一種閱讀上的飽和感，圓融俱足。

我教寫作，在指導小學生的作文時，總是讚佩他們天馬行空、未受限制的想像力，但也輕易看見他們迷失於想像，情節不知所蹤，受困於故事結尾，終至馬虎收場。許多孩子玩了大半篇章的出色想像，最後卻僅能以死亡或夢醒這樣粗簡的手法草草作結，實在非常可惜。

「你可以回去看看文章開頭寫了什麼呀！」我經常這樣引導孩子。也不是不能做夢，我們就來聽個夢醒的故事。

從前從前，有個村落，村裡首富人家姓朱，是個積善之家，在村里間名望很高，朱家老爺與夫人只獨生一個兒子，起名朱大王。朱大王既是富二代，又是一脈單傳，夫妻倆疼愛有加，可惜朱大王奢豪無度又好逸惡勞，兩老過世後，他很快就把財富揮霍一空，只剩下一棟父母遺留給他的房產。這房子還算寬敞，占地千坪有餘，屋後還有一座花園，朱家老爺是綠手指，喜愛蒔花弄草，這後花園打造得小橋流水是花草扶疏，正中還種著一棵櫻花樹，每年春天為這花園帶來一片粉紅花雪，美不勝收。為了種植澆灌，角落邊上還有個蓄水的大缸，終年蓄滿水。

變成窮光蛋的朱大王日子過得很苦，卻依然不思進取，成天做白日夢，妄想著要發大財，恢復往日富豪生活。

這一天，他在市集上遇見一個算命師，算命師鐵口直斷，說他相貌奇特，靈臺發光，生命中必定還有一次發財的機會，他一聽喜出望外，現下的貧窮再也不放眼裡。說來也巧，當天晚上睡覺他就做了個夢，夢中隱約傳來謎音，說他注定發財，財運就落在幾百里外的某某宅邸，夢裡畫面鮮明。夢裡醒來已經天亮，父親的後花園就在眼前，朱大王腦海卻是夢中景色。連番巧合之下朱大王不再猶疑，二話不說收拾行囊就出發遠行，行行重行行，浪跡了好久，終於找到夢中那個地方。原以為就此飛黃騰達發大財的朱大王，不僅沒找到半毛錢，還因為擅闖他人宅邸，被誤為盜賊毒打了一頓，苦得他悲愴欲絕，心灰意冷。

那宅邸主人見他可憐，也心生好奇，詢問他為何到這個地方來，朱大王便把做了發財夢的事情一一托出。那宅邸主人聽完不僅不同情，還哈哈大笑了起來，對朱大王說：「如果做夢的事情可信，那讓我來告訴你，今天你出現之前，我已經連著幾天做相同的夢，夢裡有棟大房子，房子後面有座花園，花園裡有棵櫻花樹，花開繁茂，角落裡還有一座人高的大水缸，你猜怎麼著，那水缸裡藏著黃金啊！這夢比你的神奇吧，可是我根本就不理會它，做人還是要腳踏實地才是正途。」宅邸主人接著說，「我看你也是個老實人，打你一頓當教訓，就不報官了，這裡有幾文錢，拿了趕緊回家去吧。」

聰明的讀者一定知道，朱大王離開那宅邸後會去哪裡。從哪裡來就往哪裡去，故事兜了一圈回到原點，彷彿什麼地方也沒去，但是，該去的地方也都去了。

這就是呼應，到開頭去找結尾的簡單技巧。

很多故事都巴望著要讓讀者大感意外，不想輕易被猜中，但是前呼後應這招，似乎永遠不會退流行。每一則故事，每一篇文章書寫開來都需要顧及結構，沒了結構，文章就是一盤散沙，而呼應就是讓故事結構完整的重要技巧之一。文章的首尾有了呼應，就會帶來一種閱讀上的飽和感，圓融俱足，有效避免枝枒亂竄不著邊際；或如袋底破洞難以收束的狀況發生，雖然有時因為呼應的必然而無法顧及故事結尾的驚奇效果，但若情節鋪陳得精采，內涵厚實，真正的好故事不會只輸在結尾的。

呼應說起來不難，人們的腦袋瓜裡自動就會尋找呼應的線索，如果可以仔細經營，刻畫出層次，故事的整體力道會超強。

一、甩尾急彎

讓故事悠悠的說，慢慢鋪陳出必要的情節元素，把讀者帶入情境深處，到最後再用俐落的一、兩句話把情境扣回故事開頭處，戛然而止，給讀者帶來震撼衝擊，想再回頭已經來不及。

二、優雅轉身

這種故事，讀者不必猜結尾，有時甚至早早就知道結尾大約會如何安排，故事只須自顧自的說，不須傷腦筋與讀者鬥智，一切重點在於情節鋪展中帶來的情感渲染，讓角色用力的演，最後，讀者明知衝擊要來，依然甘心走向結尾，趕赴這場落淚潸潸的約。

三、幽微的呼應

有些呼應的設計，不須鮮明銳利或大張旗鼓，甚至可以運用象徵。比如故事開頭主角經過一片紅色玫瑰田，到了結尾時，在他離去的路邊有片花瓣落下，或是，只讓主角帶著一個紅色的背包離開，完全不需再動用到玫瑰田，這樣的呼應，是給內行讀者的。

四、題旨的呼應

有篇得獎小說，寫的是一個沒有父親的單親家庭，只靠母親扶養長大的兄弟之間既對抗又順從，既親密又疏離的奇妙情感。

哥哥從小表現優異，讓主角深感壓力，既憎又恨，但在某些時刻，哥哥又是他的榜樣、偶像與保護者。主角一路書寫哥哥，到了結尾，兄弟倆都長大了，哥哥當兵回來，帶給主角一股雄壯威武，家庭支柱的感覺，哥哥說他長高了，故事就這麼輕輕的結束，令人如墜五里霧中。

而有趣的是，當我們回頭一看，小說的題目叫做《父親》。

上述這些呼應，操作起來既高明又有內涵，多練習，用習慣，你的故事結尾就不必常常落入「角色死亡」或「原來這是一場夢」的窠臼裡，試試看吧。

鬼魂提煉術

所有的鬼魂，都想讓人記住，故事也不例外。

故事的誕生

每個生命都是一個故事

一個生命的誕生，便是一段關係的連結，是準備邁向精采冒險，也是走入死亡的歷程。

問題是，你死過嗎？

或許是死亡那股神祕未知又令人恐懼的特質所致，好像大部分的文學作品都想探討死亡，但這世界上根本沒有任何一個人死過，倒是每個人都出生過（這是廢話），我們因此獲得一段或長或短的生命時光。

生命是奇妙的，死亡讓人感到絕望，而誕生則帶來無限希望，如果你在故事裡安排了某種生命來臨，無論如何，都能令讀者期待。

復仇者聯盟第三集《無限之戰》裡死了很多人，其中更有不少無私的大英雄，戰敗而倖存的人們，獨自品嘗失去親友的傷痛與屈辱。觀眾也感同身受，毫無希望的結尾帶來沉重的觀後感，是一部令人傷心氣餒的電影。終於，我們盼到了第四集《終局之戰》，開場沒多久，早已喪失鬥志，鋒芒盡斂的東尼史塔克走向湖邊小帳篷，帳篷簾子掀開，一個可愛的小臉從裡頭鑽出來，那是摩根史塔克——東尼和小辣椒所生的女兒，早在第三集開場時，東尼就期盼著的美好生命。

我愛你三千次。

可愛的小摩根戲分不多，卻為整部電影帶來了如她一般充滿希望的風貌，使得總是堅硬無敵的鋼鐵人有了更多謹慎與軟弱的一面，更東尼史塔克，更人性化，更父親了。就我記憶，這好像是整套《復仇者聯盟》系列電影裡第一個自然誕生的生命，她既是希望，也是試煉。

有了生命就有了牽絆，東尼史塔克變得不敢冒險，不再恣意妄為，更知曉大義，對待他人更加感同身受，因此也讓他與美國隊長之間的心結鬆綁。這就是生命，也是關係，一個生命的誕生，便是一段關係的連結，是準備邁向精采冒險，也是走入死亡的歷程，而故事由此而生。

生命珍貴，人類總是慎重看待新生命的到來，即便在故事裡。

在我的閱讀經驗，以誕生為主題的故事媒材很多，其中，《走進生命花園》（注）這本繪本使我印象深刻。

繪本用色鮮艷，構圖開闊，內容裡並沒有很清楚的故事脈絡，更像是一首詩，梗概如下：

一開頁，便有個孩子坐在他瑰麗斑斕的島上，看著這世界，並且思考。

思考什麼呢？我們還不知道。

隨著文字畫面，我們只知道他看到了戰爭、飢荒、憂傷、有權力的人、海洋、森林和眼淚。這些事物引發了他的思考。

他想著，如何改善這世界上不好的事物；又要如何面對憂傷與眼淚，他想著，應該學習擁抱，學習不要害怕親吻，學習說：「我愛你」。

他還想著，應該把插在月亮上的旗子拔掉，那樣對月亮太不禮貌了。

很有意思吧？這個小小主人翁就這麼看著想著，繪本一路將畫面呈現給我們看，直到最後，這孩子終於決定——出生。

第一次閱讀到最後一頁時，我深受感動，馬上再重新翻閱了一次。

真是詩意飽滿的作品，讀來也讓人怵目驚心，敘述者對我們身處的世界（嚴格說起來，是對人類）有許多抨擊，雖然筆調溫柔，但通篇內容卻讓我們感受羞愧且自責，就在我們幾乎放棄這個世界（或者自己）的時候，作者神來一筆，讓孩子「決定出生」了。

以誕生作為終極選擇，力道之強，前文提到的那些罪孽，一下子都有了救贖，彷彿生命裡所有的苦難都能解脫，繪本的結尾令人深省，並且，充滿希望。

就如死亡，故事裡任何形式的誕生都是一股能量，可以帶來豐富的象徵意涵，也能使情節產生轉動。耶穌基督被處女誕生在馬槽、釋迦摩尼一出生就指天指地、宙斯從么子變長子、哪吒誕生兩次、孫悟空從石頭蹦出來、老子一出生就老了、超人誕生在星球毀滅之時……這些生命出現的方式，都一定程度預示了角色個性以及往後情節的走向，一個生命就是一個故事，每個生命都彌足珍貴，不建議你多用，但值得好好運用。

生命的誕生是好事，但要怎麼生，很有事。

一、故事開頭就誕生

如果在你書寫的故事裡，一開始就有一個角色誕生，那他很有可能就會是主角（起碼也是要角），這角色大多要隨著故事成長，經歷一段人生曲折，或喜或憂，衝突轉折，帶讀者走一趟生命旅程，這個角色也許就是故事本身，比如有名的《哈利波特》、《西遊記》。

二、故事結尾才誕生

很多故事情節一路顛沛流離、苦難折磨，到了結尾終於有個生命誕生，這是技巧性的安排，象徵意味很強，作者試圖為故事帶來一個明亮而充滿希望的結尾，比如黃春明的短篇小說《看海的日子》。

三、故事進行中誕生

有些生命，在故事進行中就誕生了，這樣的安排等於在情節裡出現了新能量，往往會影響了故事情節的走向，最起碼也能帶來一點關係結構的改變，比如《神雕俠侶》裡的郭襄，一出生就成為籌碼，遭眾武林高手搶奪，長大後與男主角楊過還有段似有若無的緣分。

四、人造的生命

創造生命是神的責任，但人類總想挑戰造物主，試圖操控其他生命，製造死亡的事情我們做多了，但創造生命難度更高一點，從《科學怪人》、《小木偶》、《變人》到《復仇者聯盟》的奧創與幻視，人類在故事裡不斷嘗試以非自然力量創造生命。這種生命的誕生，大多有一個核心命題，就是人類（或生命）的定義。

五、與死亡共同誕生

如果不從生命的角度來看待故事裡的誕生，那麼許多與死亡同時發生的誕生便很有意思，比如《老人與海》裡的馬林魚死了，老人那受拘束的、瀕死的心便活（自由）了；神話裡的巨人盤古死了，這世界便出現了生命；或如西方的諺語「一顆種子落在地裡死了，一株麥子便誕生了。」

那麼，或許你要問，梁山伯與祝英臺兩個都死了又如何呢？

一段淒美的愛情故事便誕生了。

（注）《走進生命花園》，米奇巴克出版

故事的演技

每一個動作都上心

小說故事臨摹真實人生，寫的是人心人性，要藏的，也正是人心人性。

寫人，總共就兩招，一是從外面寫進去，一是從裡面寫出來。

從外面寫的方式，就是利用角色的聲音、表情、動作等外在樣貌來描寫角色的心情、想法、能力、習性，甚至與他人之間的親疏關係；而從裡面寫的方式，當然就是直指內心，把角色的心思情感直接剖開來讓讀者看見，大多以獨白或旁白的方式呈現。

獨白或旁白雖可直接表達角色內心所想，但話聽多了會膩，容易讓讀者出戲，而更重要的，文學是曲折隱晦的藝術，著重象徵喻意，深度的閱讀樂趣就在於抽絲剝繭、玩味咀嚼、推敲揣摩、感受體悟甚至延伸思考與想像，把角色內心陳述得過於直白，便失去了文學那股意有所指之美。因此，以外在動作來表現人物的內心狀態，讓讀者眼裡有人，心裡有影，是很常見的描寫手法。

這就像演員演戲，把內心所感所想透過訓練有素的聲音、表情、動作來呈現，使觀眾得到暗示，受到感動，甚至還能感同身受。

所以，在書寫故事時，動作就不只是動作，表情也不只是表情，而是傳達該角色想法、性格、情緒、習慣、身體狀況等抽象訊息的媒介，需要好好經營。

我們來看幾段文字。

騎手喝一口酒，用袖擦一下嘴。又摸出刀割肉，將肉丟進嘴裡，臉上凸起，腮緊緊一縮，又緊緊一縮，就嚥了。把帽摘了，放在桌上，一頭鬈髮沉甸甸慢慢鬆開。手掌在桌上劃一劃，就有嚓嚓的聲音。手指扇一樣散著，一般長短，併不攏。肥漢又端出一碗湯來，放在桌上冒氣。

一刻功夫，一碗肉已不見。騎手將嘴啃進酒碗裡，一仰頭，喉結猛一縮，又緩緩移下來，並不出長氣，就喝湯。一時滿屋都是喉嚨響。（注）

這是中國大陸作家阿城短篇文集《遍地風流》裡〈峽谷〉一篇的段落。

你可以清楚看見這騎手飽經風霜的樣態，雖疲累但不頹喪；雖飢渴也並不急匆匆的，再餓再累，也只須一餐飽足就夠。因為描寫的是豪壯騎手，所以作者用字精簡俐落，一片肉嚼個兩下，便嚥了，喝湯也只是一個喉結的起落，毫不拖泥帶水。

也就是簡單的一餐肉與湯，讀著他這樣吃喝，我們幾乎餓了起來。

一樣是騎士，我們來看看大名鼎鼎的《唐吉訶德》。

說罷，他抓起長矛向剛才說那些話的人刺去。他憤怒至極，要不是幸好羅西南多失蹄跌倒在路上，那位大膽的商人就遭殃了。羅西南多一倒地，牠的主人也摔得滾了很遠。他想站起來，可是長矛、皮盾、馬刺、頭盔和沉重的盔甲礙手礙腳，就是站不起來。他掙扎了一番還是站不起來，嘴裡仍在罵：「別跑，膽小鬼，卑賤的人，你們等著。我站不起來，這不怨我，是馬的錯。」

雖身為騎士，但唐吉訶德終究是上了年紀的老人，難以控制自己身體（包括馬），雖虛張聲勢，但根本騙不了人。作者以略帶滑稽卻又認真嚴肅的語調來書寫唐吉訶德笨拙而憤怒的動作語言，顯示出他內心不服老的浪漫妄想，反倒營造出令人心酸的情境。

除了打打殺殺，也能有細緻幽微的動作。

貝麗兒小姐舉起手摸摸她的毛皮。親愛的小東西！再次撫摸它的感覺真好。她下午時將它從盒子裡拿出來，抖掉防蟲粉，將它透澈梳過，又使勁擦拭那雙黯淡的小眼睛，讓它們恢復明亮。那雙悲傷的小眼睛說：「發生什麼事了？」可，看見那雙眼睛又一次從那些紅色的鳧絨毛上對她凝視，真是太好了！可是那個黑色的小鼻子卻不太穩固。一定是不小心撞擊過了。算了，必要時用一點黑蠟擦一擦就行，絕對必要的時候……小淘氣！是的，這正是她對它的感覺。小淘氣在她的左耳側咬住自己的尾巴。她大可以把它取下來，放在膝上，撫摸它。她覺得臂膀和雙手有一點瘦痛，但她猜想一定是因為她散過步的緣故。當她呼吸，某種輕盈且哀傷，不，也不盡是哀傷，某種溫柔的感覺在她胸腔裡移動。

這是短篇小說〈貝麗兒小姐〉的開頭段落，作者是紐西蘭裔的英國短篇小說家凱瑟琳．曼斯非爾德。

我們來看看她都寫了些什麼：貝麗兒小姐是位有點年紀，卻依然單身的英文家教老師，總愛打扮體面的到公園裡去獨坐，觀察來來往往的人群，並從中滿足自己的幻想。我們從文字裡可以看見她的經濟狀況應該不甚理想，卻依然想維持著時尚而高雅的生活門面，因此反而處處顯得捉襟見肘。身上那件好像有點價值的旯絨毛皮，外觀早已不再亮眼，任她費盡心力似乎也維持不住。而她與毛皮講話的舉止，既暗示她一直活在幻想之中，也細膩且尖銳的顯露了她那股幾乎藏不住的孤寂。這段落的最後一句話，原本講的是「哀傷」，後來卻改為「溫柔的感覺」，更是一定程度的暗示了貝麗兒自欺欺人，不願意接受現實的處境，讀來令人感覺唏噓。

小說甫開頭就秀了這樣一手，很難相信這是一百年前的作品，作者的寫作技巧實在高明得有如在雲端翻飛。

從上面幾則例子來看，大部分精采絕妙的人物書寫，都是以可見可聞的外表動作來映照幽微難測的心緒。說起來，在真實世界裡，我們也是這樣生活的，試想，今天放學回家，看見媽媽臉上的神情與料理晚餐的動作，你能不能忖度媽媽此刻的心情如何？再想，與情人約會，在咖啡廳甜言蜜語的閒聊，你能不能在情人說話的眼神、手勢、腔調裡推判她（他）當下的悲歡喜樂？其實，就連心理學家也都是從我們的語言、手勢、動作、姿勢來推判我們的心理狀態。

人的姿態、聲音、表情、動作都是具體可感的，但內在卻看不到、聽不到也捉摸不到。小說故事臨摹真實人生，寫的是人心人性，要藏的，也正是人心人性，角色就是戲，該從外面寫進去，還是從裡面寫出來，創作者你應該思考。

人物的形貌動作雖然具象，觀摩容易，摹寫難度也不是太高，但要形容得細膩深入、映照內裡，也是一番功夫，以下幾點提醒，供書寫時參考：

一、切記，故事裡所有動作都是有意義的，都能一定程度代表角色的內在狀態，書寫時須有所考量。（這部分，可多從優質電影或戲劇取經，欣賞演員們的細緻表演。）

二、練習在書寫中減少獨白或旁白的使用，比如主角生氣了，別直接說他生氣了。讓他表演打翻茶杯、踢翻桌椅、噴火、抓頭髮大吼大叫……都會比直接說他生氣了，來得生動有趣。

不過別誤會，獨白與旁白仍是故事或戲劇表現的一種選擇，武俠小說或布袋戲就需要大量的旁白說明，我主要的意思是：在使用上你可再斟酌，有沒有更好的表現方式。

三、在故事裡創造人物，尤其是重要角色，可讓人物有自己的習慣動作、配件或反應，當這些元素在故事中重複出現時，這個角色的形象便有立體感，更甚，也能依此營造情節上的象徵意涵。（英雄電影的服裝與武器、英雄們出場時的招牌動作，都是簡單鮮明的操作。）

四、比動作更小的反應，小至呼吸、眨眼、挑眉，甚至汗毛豎起、瞳孔收縮都是表演，不一定要被故事裡的其他角色發現，只要你書寫出來，被讀者發現就行了。

（注）〈峽谷〉引自作家阿城的《遍地風流》，新經典文化出版

搭檔

故事的

最佳兩人小組

故事裡設計出兩個功能與氣場互相對應的角色，可以讓情節顯得生動，彈性十足。

有聽過相聲嗎？

相聲分為單口、對口與群口，其中最受歡迎的，就是以兩個人搭配的對口相聲，一人捧哏一人逗哏，說學逗唱，趣味橫生。

相聲其實就是說故事的技藝，一個人的故事說得再精采，總顯得孤單，也不容易產生衝擊，兩個人的變化就豐富多了，既有對話，也有互動，可以針鋒相對，也能相輔相成，有攻有守，讓故事變得緊湊豐潤而且層次飽滿。戲劇裡的配角這個「配」字，就為我們說明了一切，紅花也須綠葉來配，只要好好經營兩個人，就能透過語言對話與肢體互動製造出很強的戲劇效果，故事好看的機率就會提高。

來看看這段文字：

「您好。」福爾摩斯熱誠的說，一邊使勁握住我的手。我簡直不能相信他會有這樣大的力氣。

「我看得出來，您到過阿富汗。」

我吃驚的問道：「您怎麼知道的？」

「這沒有什麼，」他格格的笑了笑，「現在要談的是血色蛋白質的問題。沒有問題，您一定會看出我這發現的重要性了吧？」

我回答：「從化學上來說，無疑的這是很有意思的，但是在實用方面……」

這是福爾摩斯與華生第一次邂逅的場景，華生為了分租房間，到實驗室去拜訪福爾摩斯，彼時福爾摩斯剛從一場專心的研究中抬起頭來，便興致勃勃的與華生打招呼。從對話裡，我們很容易預視福爾摩斯與華生醫生兩人的關係是主從式的，福爾摩斯主見強，又愛現，而華生則相對溫和順從。福爾摩斯刻意在初次見面中猜出華生去過阿富汗，讓華生大吃一驚，急著問為什麼，顯示了福爾摩斯的觀察敏銳與強勢。但秀了這一手之後，他卻不想回答華生的問題，轉而討論起他正在研究的事物，看起來沒什麼社交禮貌。然而令人意外的是，華生竟然也能按耐住好奇，並不追根究底，反而被福爾摩斯的話題牽著鼻子走。

兩人個性互補，真的是一個願打一個願挨呀。

再看看另一組故事搭檔的互動。

「事實上，我們妖怪比一般人認為的複雜多了。」史瑞克說。

「比方說？」驢子提出好奇。

「比方說？嗯……妖怪就像洋蔥！」史瑞克思考過後說。

「他們都有臭味？」驢子快速反應。

「對！呃，不對啦！」史瑞克的反應相對遲鈍些。

「哦，他們都會讓人流眼淚？」驢子馬上換一個答案。

「不對！」史瑞克大聲回答。

「把他們丟出去晒太陽，他們都會變棕色，而且還會冒出細細的白毛？」驢子說。

「都不對！」史瑞克不耐煩的大吼，「是『層次』！洋蔥有層次，妖怪也有許多層次……懂了嗎？洋蔥和妖怪都是有層次的。」

「哦，你們都有層次啊……但你知道，不是每個人都喜歡洋蔥……」驢子沒有理解史瑞克的話，「蛋糕！每個人都愛蛋糕！蛋糕也有層次！」

「我不管其他人喜歡什麼！」史瑞克終於爆吼，「我們妖怪就是不喜歡蛋糕！」

「那你知道還有什麼是大家喜歡的？法式甜點！」驢子根本抓不到重點。

從對話與互動中，可以看出，史瑞克被驢子搞得很煩。他想要靜一靜，但驢子偏偏是個話多的角色。史瑞克藉由洋蔥暗喻妖怪的內心是有層次的，而驢子卻只看到洋蔥顯露在外的臭味、刺激性和晒了太陽會變質這些無關緊要的特性。即便史瑞克解釋之後，極度自我中心的驢子依然不能了解，甚至回應出蛋糕與法式甜點這兩個引喻失當的例子，史瑞克簡直哭笑不得。

雖然這兩個角色的一舉一動都讓對方如此痛苦，但在故事裡卻不是多餘的。若沒有驢子的好奇與多話，就不會有這段有趣的互動情節，如此，史瑞克內心的煩躁與自我認知，便無法這麼清楚的呈現出來。這是兩人（事實上，他們都不是人）一搭一唱呈現的戲劇結果，趣味滿滿又有深刻意涵，插科打混之中帶出人性的反思。

若說故事就是人的事，不如說：故事就是人與人的事。試想，如果這世界上（故事裡）只存在一個人，沒有他人（者）的概念，那麼所有的自我價值、理想追求、人我衝突、愛恨糾結……全都不會發生，所以，我們可以這樣說，故事就是一個人與其他人的事。至於是什麼人和什麼人發生什麼事，那是你創作者的事。

在故事裡設計出兩個功能與氣場互相對應的角色，可以讓情節顯得生動，彈性十足。親情、友情、愛情、相聚、離別、合作、猜忌、孤單、溫馨、愛與恨等人性議題，不管是互補、近似乃至極端衝突，都能擦出火花，是很好操作的人物布置。

兩人小組搭配的故事多不勝數，提出幾種類型的例子供你參考：

一、主從或師徒的組合

唐吉訶德與桑丘、福爾摩斯與華生、廖添丁與紅龜仔。

二、感情親密的組合

湯姆與哈克、艾莎與安娜、毛怪與大眼仔、胡迪與巴斯光年。

三、人與（動）物的組合

大雄與哆啦A夢、楊過與神鵰、電影《浩劫重生》的查克與威爾森排球。

四、有點不對盤的組合

寇克艦長與史巴克、史瑞克與驢子，電影《海洋奇緣》的莫娜與毛伊、《動物方城市》的哈茱蒂與胡尼克。

五、亦敵亦友

歐陽鋒與洪七公、超人與蝙蝠俠、雷神索爾與洛基，電影《神鬼奇航》的傑克史派羅與巴博薩船長。

六、死敵

《老人與海》裡的桑地亞哥與馬林魚、史豔文與藏鏡人、少年Pi與老虎理查帕克、哈利波特與佛地魔。

如果硬要分類，其實故事的創作類型何其多，但萬變不離其宗，角色是核心，兩個（主要）角色大概就是雙核心。仔細經營人物之間的互動，寫出對話、眼神、表情、動作裡的連結與碰撞，那麼，簡單兩個人，效能就不只以倍計。

《這不是我的帽子》（注）是一本幽默詼諧又能引人思考的繪本，在國際上得獎連連，知名度很高。

繪本的內容非常淺顯，演員總共只有三個，大魚、小魚和一隻亂入的螃蟹，場景則是黑漆漆，色彩單調的深海底，角色背景都簡單到不行，通篇文字翻成中文也不過三百多字，幾乎稱不上是故事。大綱是這樣的：

敘事者是條小魚，出場時頭上戴了一頂帽子，旁邊就兩行字，寫著：「**這不是我的帽子。我剛剛偷來的。**」

原來，帽子是他從一條大魚那裡偷來的。

小魚偷帽子時，大魚正在睡覺，所以他一點也不擔心被發現。而且，就算大魚醒來了，小魚也自信不會被找到，因為小魚有一個祕密的藏身處，沒人知道，除了……路邊剛好看到他的那隻螃蟹（這裡真好笑），但是螃蟹答應不會出賣他。

小魚知道偷東西不對，但他用一堆莫名其妙的歪理說服自己，就這麼一路優閒的往前游。

隨著繪本即將結束，我們發現小魚沒有說謊，真的有那麼一個藏身處，滿布了水草，環境隱密，是個躲避大魚的好風水。

小魚最後說：「我就知道自己會成功。絕對不會被發現。」

你可能會覺得有點無聊，心想這樣的文字就能享譽國際？

別忘了，這是一本繪本，真正的玄機就在畫面裡，與字面上成功脫逃的意思相反，小魚根本沒有脫離大魚的追蹤，整個逃亡過程，大魚都跟隨其後，過程其實很緊張糾結，只有小魚自己自我感覺良好。

繪本是很有意思的創作形式，結合了文字敘述與圖像畫面，圖與文可以互為表裡，也可以各行其是（在許多影像作品裡也有這樣的表現）。這本繪本的作者是雍・卡拉森，他巧妙利用圖文不符的情節設計，帶來了一種敘述上的矛盾：圖面呈現了真實境況，但敘述文字卻說了謊，這謊卻又不是真謊（小魚比我們讀者還無知哩！），而且謊裡還有謊（螃蟹答應不會說出來卻洩密了），以及，小魚明知偷竊不對，卻欺矇自己良心……），簡單的情節虛實套疊，閱讀起來很有趣，也是這本繪本引起熱論的重點。

說穿了，一個讀者能在故事中得到的最大樂趣就是尋找，不管是尋找凶手、尋找寶藏、尋找公主（或王子）、尋找刺激、尋找生命的意義或者是尋找一種贖罪的方法，每當故事結束，我們都希望找到一些什麼。因此，說故事就是一種迂迴的藝術，如果一句話就把故事裡的東西講完了，那閱讀也就失去了樂趣。所以，善於說故事的人都有一種專長，就是短話長說。聽起來簡單，其實難度很高，想把短話長說，得有一定的編造功力，若只是把短短的事件壓扁拉長，沒有經過適當的延伸與潤滑，往往流於平淡無奇，甚至令人乏味。

而既要事件的情節有趣，讓讀者有東西可以尋找，除了加油添醋，當然就需要一些誤導與隱藏。

甚至可以誇張一點說，所有的故事裡都有謊言。

來看看另一個小偷的故事——杜斯妥也夫斯基的短篇小說《誠實的賊》。看看這書名，這是多麼有意思的誤導！

故事敘述者「我」把一個小房間分租給了一個退伍老兵亞斯，亞斯是個有故事的人，這天，他對「我」說了一個他經歷過的故事，事件的梗概是這樣的：

生活原本就不甚寬裕的亞斯，出於同情，收留了一個流浪漢里昂。里昂好吃懶做又愛喝酒，亞斯屢屢勸他振作，但里昂只是每天買酒爛醉，不思上進，甚且還有點手腳不乾淨。亞斯為了自保，幾度想要把里昂趕走，但看著毫無謀生能力的里昂，亞斯實在狠不下心。這天，亞斯最心愛的一條馬褲不見了，他懷疑是里昂偷的，但在對質時里昂矢口否認，還負氣離開了亞斯的家。里昂離去後亞斯心裡有點罪惡感，但又無法擺脫對里昂的懷疑，陷入鬱鬱寡歡。幾天過去，里昂突然出現在亞斯家門口，衣衫襤褸而且病懨懨的，亞斯揣揣不安的心有了著落，欣喜的扶里昂進屋，為他熱了一些食物並且趕緊叫來醫生，可惜里昂已經意識不清，剩下最後一口氣。死去前，里昂不斷向亞斯懺悔，終於說出確實是自己偷了那條馬褲。此時，亞斯早已沒有責備的意思，僅是悲傷的留下淚，不斷安慰里昂，並祈願他可以安息。

基於宗教救贖的觀念，這故事的寓意通常解讀為「誠實」，里昂最後勇於承認的情操令人感動。

但里昂畢竟是個小偷，還有說謊的前科，他臨終前的這份告解，究竟是勇於懺悔的實話，還是出於善意的謊言呢？其實很耐人尋味，值得討論一番。

如果從這個角度去看，那我們對於故事的內涵，便可以有更多層次的思考。

誰是被救贖的人？

故事是被人說出來的，當一個故事在讀者面前展開，要如何引導（或誤導）讀者，作者掌有極大的權力。就如同這篇文章的開頭，當我介紹《這不是我的帽子》時，選擇先提出文字內容，暫且隱瞞了對畫面的講解。這樣的說明方式，與直接閱讀繪本的理解與感受必然有所不同。

這正是這篇文章想要營造的效果。

那麼試想，我是否誤導了你呢？

而若單以這篇文章的閱讀樂趣或旨意而言，你願不願意接受我的誤導？

故事怎計算

當你企圖想要引（誤）導讀者，有幾個方法可以參考：

一、不要講出來：當故事進行時，有些事情別講出來，或者，隱晦的講。

二、認真講錯的：認真而且明確的丟給讀者一些錯誤的訊息。

三、隨便講對的：不著痕跡、隨意而戲謔的丟給讀者一點正確的訊息。

四、別相信任何人：直接在故事裡安排一個不可靠的角色。

五、誠實的說謊者：讓故事中最誠實可信的人說一個關鍵的謊。（他甚至可以不覺察自己說的是謊言。）

六、沒有標準答案：永遠別讓故事只有一種解讀方法。

（注）《這不是我的帽子》，親子天下出版

故事的暗示

喜馬拉雅山上的猴子

只要你在故事裡給出夠強的訊息（意象）連結，讀者就會陷入這個連結，難以擺脫。

在許多故事或電影裡，創作者對於人物角色的營造，除了在外表、長相、造型、動作等方面下功夫，有時還會設計一個配合的情境，如果這個角色對故事情節來說是重要的，還可以擁有出場主題曲、特殊道具，甚至專屬場景。比如某些厲害的殺手總是在雨夜出現；電影《星際大戰》裡，黑武士那令人難忘的呼吸器聲音；葉問老是在打木人樁；或者，登場時自帶花瓣飛舞的女主角等等。這些場景或特殊安排，通常是為了塑造鮮明而令人難忘的人物特色，當然有時候也能成為情節的巧妙安排。

每當讀者在故事中看到這些元素出現時，腦海便會不自覺的連結到該角色，而如果關鍵元素出現了，卻不見期待中的角色上場，讀者也許會感覺到失望，也許會感覺到驚訝，也許，他會意識到自己該開始懷疑了。

就彷彿被制約了一般。

有一個心理學上的實驗很有名，是由俄羅斯心理學家帕夫洛夫提出的。他發現家裡的小狗只要看到食物就會不自主的流口水，心裡覺得好奇，便試著在每次提供食物之前搖一下鈴噹，剛開始小狗沒什麼反應（牠們大概以為主人是笨蛋吧），主人儘管搖他的鈴噹，小狗們依然只在看到食物的時候才會有反應。帕夫洛夫沒停下實驗，持續觀察，久而久之，小狗對於鈴噹聲產生了習慣，知道聽見聲音就會有食物吃，所以，只要鈴噹一響，牠們腦裡想要吃東西的欲望機制就會自動開啟。到了最後，原本沒把鈴噹聲放在眼（耳）裡的小狗們，變成只要一聽到噹噹噹的聲音，就會不自主的流口水，就算沒有食物的引誘也一樣。（現在不知道誰才是笨蛋了！）

這就是「制約反應」，小狗在主人刻意重複不斷的暗示下受到了制約，輕易的落了套，著了主人的道。

在故事創作的供需鏈結裡，作者就是帕夫洛夫，而讀者就是……我不好意思說。

先別想狗，來看看這個猴子的故事：

故事發生在很久很久以前，遠在喜馬拉雅山的山腳下，有個小村落，住著一群人，他們與世無爭，卻要與天爭！因為土地荒瘠的關係，他們每天辛勤工作，作物依然年年歉收，生活過得非常貧苦，連狗都過不下去。

這一天，村裡要有變化，遠遠的有個身影，風塵僕僕的走進村子，原來是個雲遊僧人，路經此地，要到村裡化緣借宿。村子位處偏遠，村民們幾年沒見過一個外地人，這僧人入村後受到村民熱情招待，僧人很是感激。幾天過去，僧人發現村民明明認真耕作，順天應時，卻得不到相對的報酬，天理不彰。他一時起了悲憫之心，便召集所有村民，想要祕傳他們一套點石成金的咒語。

僧人說：「這幾天很感謝你們的款待，我現在要教給你們一套神祕的咒語，」他環視眾人，接著說，「只要把這套咒語對著喜馬拉雅山大聲念出，眼前的石頭就會變成黃金。」

村民聽了，個個喜出望外，頻頻稱呼僧人是大師，磕頭跪拜不止，連五體投地的都有。

僧人當下就把咒語傳授給村民，當村民都學會了之後，僧人又對村民說：「只要心無邪念，沒有害人之心，這個咒語沒有任何時間地點的限制，隨時可以使用，但有一點需要注意，」說到這，僧人壓低了聲調，神祕而嚴肅的說，「那就是當你們在施展咒語時，腦海裡千萬不可以想起喜馬拉雅山上那隻猴子。」

「廢話，誰會沒事想到喜馬拉雅山上的猴子！」對於大師的提醒，村民們嘴裡答應著，心裡都在暗笑。

僧人離去後，村民趕緊衝到聖山山腳下，各自對著喜馬拉雅山大吼大叫，但不管他們怎麼做，總是無法把喜馬拉雅山上的猴子從腦海裡甩脫，越是提醒自己不要想，就越會想起，最後竟然是沒有任何人能得到黃金，一個一個倖倖然的回家去了。

從故事裡可以看到，人跟小狗一樣，適當的暗示就能制約我們。只要你在故事裡給出夠強的訊息（意象）連結，讀者就會陷入這個連結，難以擺脫。

換個角度想，創作者我們也由此可知，在文章中出現的任何角色、景物、事件，甚至只是一個「字」都不會是無用的，只要讀者讀進眼裡，就能存入他們的腦海，引起有趣的閱讀反應，即便那是一句廢話，讀者都能當真。

因此，要如何讓讀者流口水，全看作者怎麼響叮噹了。

一、醞釀讀者期待

魯夫的草帽，關羽的青龍偃月刀或赤兔馬，蝙蝠俠的投射燈與低沉嗓音，都是與角色有強烈相關的連結元素，當這些元素出現，即便角色本身沒有出場，讀者也會興奮期待，帶來情節高潮。

二、誤導讀者觀點

真實世界裡的象徵物品：如佛珠、線香、口誦阿彌陀佛等特徵，都代表著出家人的慈悲，女人與小孩總是與柔弱、無害或者天真的印象連結，讓故事角色以這些形象出現，通常會暗示讀者——這是好人。

至於他們真正是什麼人，只有作者你知道。

三、增加解謎難度

讀者對故事情節總懷著一股追根究底的渴求，讓角色故意說出（或想出）一個至關緊要，彷彿說得通的線索，即便這個訊息與真正的底牌關聯不大，但因為出現在關鍵情節上，邏輯又兜得圓，讀者便會受到暗示，大流口水，難以分辨真偽。

四、製造反差樂趣

如果魯夫的草帽不見了，關羽騎著普通白馬，蝙蝠俠出現時聲音高亢還時刻帶著邪佞的笑聲，暗示著什麼呢？不管如何，那已經產生了有趣的閱讀效果，也許令人莞爾一笑，也許令人感到好奇，也許真的有什麼事發生了呢。

既稱暗示，便是不明說卻有所指，而指向之處既可作為敘事的引導，當然也可藉以誤導讀者思考，然而暗示卻不是胡亂指示，高明的暗示手法需與故事本身結為一體，暗示的橋段本身也是情節必要的一部分，那才是活把戲。

在故事創作裡，暗示不是必要手法，大可不必強要操作，若胡搭亂湊出一塊路牌，與故事情節前不著村後不著店的就硬要叫讀者照著走，那可不僅是壞了一篇作品。

以後讀者要聽到你的噹噹噹，就知道有爛故事來了。

減法

故事的

沒說出來的，說更多！

有寫出來的是黑，是小說本身；沒寫出來的是白，是你的思考感受。

喜歡說故事的人，總想說得更多，讓開場更精采、結尾更深刻、場景永遠繁複飽滿，對話必須慧黠有趣，衝突轉折多得像機關槍連發……總而言之，就是想讓讀者欲罷不能。

但故事不只一種說法，更不只一種讀法，如果你懂得適時節制，不要說太多，或許反而可以讓讀者讀到更多，或者，想到更多。

怎麼說呢？我們讓黃春明來說。

黃春明有一則短篇小說膾炙人口，叫做《孩子的大玩偶》（注），也曾拍成電影，喜愛文學與電影的人一定不陌生。故事說的是，年輕的坤樹與妻子阿珠育有一子，小家庭經濟拮据，在生活夾縫中努力求存。身無長技的坤樹為了謀職賺錢，到戲院毛遂自薦擔任一種俗稱「三明治人」的人體廣告看板，工作時必須畫著誇張逗趣的濃妝，身上前後掛著兩塊彩色看板，大街小巷行走穿梭，盡可能讓更多的人看見，以達到廣告效果。這職業低賤，既無前景也不體面，坤樹工作起來毫無鬥志，意興闌珊。不僅如此，因為工作需要化妝成小丑，打扮怪異的坤樹在路上總是遭人側目取笑，甚至還被一些小屁孩捉弄。而因為工作時間的關係，還在襁褓中的兒子也漸漸與爸爸生疏，只認得坤樹的小丑妝容，這讓妻子阿珠戲稱他是兒子的大玩偶。

小說一路悲苦，走到結尾終於迎來轉機，坤樹找到新工作，不用再當這辛苦又沒尊嚴的「廣告的」，當晚即開開心心的回家準備報喜訊。沒想到就在坤樹笑著要抱起兒子時，這孩子竟然不願意讓白淨素臉的爸爸抱，拗得哭了起來，妻子趕緊來打圓場，就在這一陣慌亂，坤樹竟默默退到妻子的梳妝臺前，拿起粉塊撲打起臉來……

妻子驚訝的說：「你瘋了！現在你打臉幹什麼？」阿珠真的被坤樹的這種舉動嚇壞了。

沉默了片刻。

「我，」因為抑制著什麼的原因，坤樹的話有點顫然：「我，我，我……」

故事就這麼結束，坤樹並沒有真正給出答案，只如他的小丑白臉一般，留下一大片的空白讓我們自行想像。

這篇小說很有意思，作者黃春明一開始似乎有很多話想講，通篇敘述得很滿，連情節進行中坤樹與阿珠的內心話都用括號文字的形式表現出來，似乎要讀者別多想，只要跟著文字敘述享受故事就好。但來到結尾卻又切得乾淨俐落，不讓坤樹把話講完，連原本時時出現的內心戲小旁白都不見了，不知坤樹內心真正想著什麼。讀者讀到這裡故事戛然而止，閱讀感被切斷，必然不過癮，但字已經沒有了，想讀下去是不可能，要嘛是回頭再看一次，要嘛就得自己消化領受。小說故事便在每個人的腦海裡被延續下去，而且每個讀者的領會肯定不同。

這樣的效果，就是留白。

所謂留白就是不說破，就是保留，就是隱藏，但並不是虛無，不是空白，也不是簡化。故事說得通透，情節的留白處也會是故事的一部分，「白」本身或許沒什麼意思，但若與故事著墨處的「黑」相互調和、咀嚼品味，那滋味恐怕就不只千里之外，能上窮碧落下黃泉。

有寫出來的是黑，是小說本身；沒寫出來的就是白，該是你的思考感受，用這樣的概念去創作故事，除了說出來的精采，沒說出來的部分往往更有韻味，層次更加豐富。換個角度來說，留白的用意，就是把閱讀的主動權還給讀者，讓讀者在文字沒有點出的部分，自己參與其中，用自己的理解與思考，為小說角色的處境找到屬於讀者自己的解釋。

在藝術創作裡，做得多不是難事，愛做能做的人多得是，最難的反而是留下時間、留下空間、留下情感、留下思考，留下一種使黑更黑的白。

留白是減法，是反對自己，是節制表現，是一種讓故事有深度的書寫技巧，考驗作者思慮的成熟度。

面對世間人事的圓融智慧，沒有一定歲月功夫很難呈現出效果，但，有些技巧能幫點小忙。

一、故事樣貌掌握好

想要製造好的留白效果，作者本身對於全篇故事的掌握一定要精準，才能知道該抹去什麼，留下哪些，讓故事流暢依舊，還能勾引讀者思考。

二、不必說太多

故事進行中，可以適度的留下一些對白不要寫出，比如前面提到的例子《孩子的大玩偶》。這點不容易，取捨是難題，需要很多的練習與讀者回饋。

三、不必全做完

故事中有些角色的動作含有象徵與喻意，有時可以不用完全表達出來。比如家暴的父親，總是暴力對待兒子，常常伸手打他的臉，當父親年老病危，兒子雖到病榻前探望，卻始終無法原諒，這時父親臉上表情複雜，緩緩的舉起手來，往兒子臉伸過去……到底父親要做什麼，這時不必說破，更有咀嚼餘韻。

四、放到後面

漂亮又精準的象徵喻意不容易製造，若只想讓故事有些意在言外的韻味，也可以試著先不揭曉角色說的話意、行為意圖，安排到後面一點的情節裡再點明，如此，既能製造出一點思考的時間與空間，讀者領悟後，也能得到更豐富的閱讀滿足。

五、藏在前面

這其實也是一種伏筆的概念，故事中某些事由的竅門不在當下解釋，讀者甚至一路讀到結尾都看不到，只有重新再讀一次，才能在情節的其他部分發現值得思考的癥結點，此時讀者必定佩服作者文字功力，並回味再三。

六、不只用眼睛

無論任何藝術，留白都是很高段的技巧，想要練出這樣的書寫功夫，在我們閱讀他人作品時便要多多思考，想一想，作者這樣的字句安排，留下了如何的思考空間，換個字眼，是否能帶出不同的意境？

須記得，閱讀時每個字句都應該思考，否則就只是眼睛的閱讀，不會進到心裡去。

（注）《孩子的大玩偶》，聯合文學出版

記憶 故事的

可以消失，不能遺忘

因為有記憶，所以有故事；「特殊」是讓人牢記的不二法門。

請記住我，我即將會消失。
請記住我，我們的愛不會消失。

人生在世，幾十年稍縱即逝，不能久留，而記憶是我們曾經存在的證明，不管是自己的或他人的，我們深怕失去了記憶，搞不清楚誰是誰，犯過的錯再犯，講過的話還講。

但也因為有記憶，所以我們有故事，人生在世，都是為了故事而來。

記憶這個話題很大，我們要從情感面來談。一個你對他毫無記憶的人，是不會有任何感情的，而當你逐漸把這個人遺忘，你們之間的感情連結也會消失。

所以，你的阿公阿媽講話很無聊，那是因為他們活在記憶裡，總是對你訴說他們那個時代的事情，他們的照片後面可能都還寫著「勿忘影中人」，他們記憶中的人事物對他們有意義，而現在當下的情境，他們反而毫無感觸。換個角度想，你在意的人卻記不得你名字，你一定會不開心；而回想起以前有趣或悲傷的事情時，你的心裡可能會有一點酸溜溜的感覺；跟某些人一起經歷了共同的回憶，感情總是特別篤定……這些情感的產生與留置，都是因為有了記憶的關係。

回憶是把過去的事在腦海重新播放，只要是活人都有回憶，但要怎麼把回憶放進文章裡呢？

首先，你要把回憶「製造」出來。

前面已經說到，記憶就是感情，所以製造回憶的方式就是製造感情，而感情會在哪裡發生？當然就在日常生活裡！你應該寫出故事人物生活中的喜怒哀樂，寫他們經歷過的事物，不管是挫折、滿足、恐懼、努力、成功或失敗，讓讀者看見這些過程，回憶就慢慢被製造出來，角色之間互相有了回憶，感情就會發生，當角色有了感情，讀者就會對故事裡的角色產生感情。

說起來像繞口令，有沒有什麼例子呢？有的，二〇一七年皮克斯製作的超級賣座動畫片《可可夜總會》，讓很多人哭得一把鼻涕一把眼淚，他們怎麼做到的？靠的就是記憶力。

十二歲的米高熱愛音樂，總想著要當個音樂人，但因為祖太公（曾曾祖父）

就是個拋棄家庭的混蛋音樂人，傷了祖太婆的心，米高家族自此流傳著一個怪異禁忌，家族人不能接觸音樂。這對於生來就帶有節奏感的墨西哥人固然是為難，對小米高來說，更是莫名其妙的禁錮，但他沒在怕，總是想方設法找到可以彈奏樂器的機會。日子來到亡靈節當天，這是墨西哥人最重視的節日，弘揚的是慎終追遠的傳統習俗，這天正好有一場盛大的音樂選秀競賽，米高瞞著家人跑去參加了，期待自己成為家族裡第二個出人頭地的音樂家。在故事裡意外是常態，情節總不能如我們預期，陰錯陽差之間，米高竟然穿越到靈界，見到了許多已逝的家族長輩，甚至遇上那位為了音樂而拋棄家庭的祖太公，這些亡靈有的親切和藹，有的依然凶巴巴，米高和祖太公的一場陰間大冒險就這樣展開。動畫內容非常精采，把靈界的場景描繪得奇幻絢麗，情節鋪陳曲折離奇，結尾感動人心。

怎麼感動人心？

想想，祖太公早逝，米高與這位長輩沒見過面，雖然是直系血緣，但是卻跨越了五個世代，年紀相差大概有一百歲，兩人的距離不是遠，而是久，米高雖是崇仰這位祖太公，但早死的祖太公可壓根不會知道自己有這樣一個可愛的玄孫，兩人撐著八竿子都打不著，根本不可能有感情，更別說要感動人了。

那麼，故事是怎麼說的呢？

沒錯，就是製造回憶！

既然過去來不及參與，那麼就從現在開始累積情感。

米高意外墜入了靈界，歪打正著遇上這位傳奇的祖太公，並且與他一起經歷了一趟靈界之旅。旅途中兩人的互動既緊繃又輕鬆、有追逐也有逃亡，還有誤會和吵架，一路上製造了許多回憶，存了不少可以讓感情發生的資本。到了結尾，兩人終於還是必須分開，米高只能懷著遺憾回到人間。

回到人間，當米高在全家人面前彈奏出祖太公寫給親女兒可可（也就是米高的太婆）的歌時，悲傷的氣氛隨著樂音與歌聲漫出螢幕，我想，觀眾們再也忍不住眼淚了。

這就是回憶的力量。

就像電影裡祖太公對米高說的話：「真正的死亡，就是世界上沒有一個人記得你。」

可見失去了回憶，比死亡更恐怖。

不只觀落陰，回憶可以做的事還很多：

一、讓故事角色經歷相同的事

這並不難，其實故事情節的進行，就是記憶的產生，只要注意安排好適當的角色，經歷適當的事件，當需要回想，那樣的回憶就能在角色間產生連結。

二、擁有一段不為人知的過去

既稱記憶，就是過去的事，當一個角色出場時，讓一個旁觀者或一本書，娓娓道來他過去曾經歷的事，那時，這個角色就有了回憶，有了回憶，讀者就會記得他們，對他們產生感情。

三、突然閃現的回憶

讓角色腦海裡突然出現一段記憶，不必太清楚，甚至可以讓讀者摸不著邊際，最後再依此訊息慢慢抽絲剝繭，拉扯出一段回憶情節。這樣的回憶，除了適合處理情節的轉折，也能把一個角色重新塑造，令讀者改觀。

四、抓取特殊的記憶點（物）

我永遠記得小時候外婆半夜起床，為生病的我炒一盤蛋炒飯；也永遠不會忘記胡迪對著巴斯大叫：「**你是個玩具！**」時的神態表情；電影超人大戰蝙蝠俠裡，神力女超人出場時的畫面與背景音樂我一直印象深刻……就是這些特殊的記憶點，讓那些角色、事件與場景始終在我腦海。

記得，「特殊」是讓人牢記的不二法門。

所以，下次寫故事時，記得要為裡頭的角色製造回憶，讓他們在故事裡走路、吃飯、追逐、跌倒、爭吵、恐懼的發抖、開心的哈哈大笑、遇到挫折時會洩氣也會努力不懈、悲傷時偷偷的或大聲的哭，惡作劇或被惡作劇……然後，讀者就會記得他們，對他們產生感情，這些角色就永遠不會消失。

眼睛只是輔助

真正能看見故事本質的，不是眼睛，是心。

故事的**意外**

其實只是巧合的另一面

所有的意外全在作者的意料之內，
讓劇情轉進，令讀者訝異、感動或驚嚇的橋段。

意外與巧合，是一體的兩面。
意外，就是意料之外，而巧合，則是湊巧相合的意思。這兩件事都不會發生在計畫裡，它們無法預測，總是突然發生。
是這樣嗎？

對於人生來說，或許是，但是對於故事來說，那是完全不一樣的概念。

別急著想，先聽我說一部電影。

國際電影巨星喬治．克隆尼曾經拍過一部電影，英文片名《MICHAEL CLAYTON》，臺灣片名《全面反擊》。情節大概如此：

麥可是一家律師事務所的「白手套」，就是專門幫事務所處理一些關於談判、賄賂、威脅等不能見光的善後事宜。大概因為平常做的就是一些狗屁倒灶的事情，麥可個人的私德也不是太好，婚姻破裂，負債累累，而且還好賭成性。幸好有個兒子還算乖巧，麥可就這點好，每天接送兒子上下學。在車上，兒子殷切的向麥可介紹一本叫做《Realm and Conquest》（王國與征服）的書，麥可心裡雜務煩亂，對兒子的話總是敷衍其詞，不上心。這次，麥可奉派去處理一位精神出了狀況的同仁亞瑟，亞瑟是事務所的老員工，經驗豐富，不料這次卻搞砸了事務所一樁涉及天價賠償的公共訴訟案，因此被各路人馬追殺。麥可原是當說客來的，但在與亞瑟幾次對話之後，他卻逐漸對自己的工作有了不同的思考，甚至對亞瑟的處境產生憐憫，可惜他依然身負巨債，還是得聽命於公司，否則自身難保，麥可內心萬般煎熬。

這期間，麥可對公司虛與委蛇，希望為亞瑟爭取時間，但公司利益當頭，哪能容得如此，派出殺手很快的解決了亞瑟，還在麥可的車上動手腳裝炸藥，預備連麥可一併滅口。

情節一路展開，麥可在不知情的狀況下終於開了那輛車上路，劇情張力在這時鼓到緊繃。就在炸藥預計引爆的時刻，意外，或者說是巧合發生了。麥可無意瞥見了路旁的一幕景色，他大感驚奇，甚至停下車來。

為什麼？

因為眼前這幅景象與兒子提起的那本《Realm and Conquest》裡的插畫畫面幾乎如出一轍。在昏昧的天光下，他如蒙神啟，不可置信的下車查看，還走了老遠一段距離去感受它，一時五內翻騰。

這時，「碰」一聲，他的車子突然在遠處爆炸了，如煙火般燦爛。

後續發展如何，我邀請你自己去看電影，我們先來討論這個巧合般的意外，意外般的巧合。

現在我們想想，若不是有前面大半段的氣氛醞釀以及後面一小節的斟酌鋪陳，觀眾一定都會覺得太扯了！但因為有了那樣的醞釀與鋪陳，景色與故事書畫面相應的那一幕，我們幾乎與主角一同屏息讚嘆，汽車爆炸時我們大概也同時被嚇了一跳，然而內心的感受卻是複雜而通透的，壓抑了整部影片的思路彷彿也被炸開了一個小口，光線與氧氣，從中透了進來，觀影的視角便有了全新的轉變。

這意外確實是個巧合，而它成全了一整部戲，是一手高明的操作。

請千萬記得，這世界上所有寫（講）出來的故事都是人造的，不是真正發生的事，讀者雖是意外，作者你可千萬不能。

意外，雖是意料之外，並不是不合常理，當讀者讀著你的故事，為這些巧合意外措手不及或大感驚奇之餘，他們必然會回頭細想，思考這些事件發生的原由與線索，想得通，你便收服了一個讀者，想不通，他自然就不是你的菜。而無論讀者有沒有足夠的慧根理解這些巧合與意外的發生結構，身為作者的你，當然不能不知道。

因為在創作者的筆下，故事裡是沒有意外與巧合的，一切都該在你的掌握，所有的意外全在作者的意料之內，那是你安排好讓劇情轉進，令讀者訝異、感動或驚嚇的橋段之一。

因此，你的意外必須其來有自，你的巧合得要有跡可循，若僅是橫生一樁意外或突發一件巧合，絲毫沒有情感與情節的醞釀鋪陳就硬要把劇情折彎掰開，看似令人驚奇，其實只是凸顯作者技淺，老練的讀者是看得出來的，沒有戳破，通常只是客氣而已。

意外與巧合，都是計畫與安排。

一、巧合之前要醞釀

這世上固然存在許多巧合，但因為故事是人造的，讀者難免先入為主，有時連出現一次小巧合都會讓人覺得太刻意，在使用上必須謹慎。這需要高度技巧，把情節結構與角色關係先想清楚，一步一步推移閱讀情感與投射心理，把讀者的理智與情感拖進故事裡（這當然很難，但一定要做），最後，當巧合發生時，就算有點突兀，讀者也會自行幫你腦補。

二、意外之後要鋪陳

意外的發生，就像莫名其妙朝讀者揮一拳。打了人家，你總得給個解釋。在故事情節裡出現了意外，或許一時令讀者難以理解，但你需在事後逐步鋪墊、雕琢，使意外產生合理脈絡，堆疊出讓人可以理解的重量，如此，讀者就不會責怪你的莫名其妙。

三、巧合比意外難用

意外令人揪心喪氣，巧合則通常帶來喜悅。在故事裡，讀者想看見的是角色的經歷、遭遇、衝突、挫折與成長。巧合太多，事事圓滿，便不像真實人生，至於意外，我們哪個不是常常在經歷呢？所以，意外可多，但巧合要慎用，或者別用。

四、意外帶來的意義

人生充滿意外，有人怨天尤人，有人逆來順受，有人則積極突破。小說處理人的事，如果故事裡完全沒有意外，那這小說恐怕不是非常難看可以形容。

有一句諺語據說來自印度：「無論發生什麼事，那都是唯一會發生的事。」如果意外是必然會發生的事，那麼該思考的似乎不是意外本身，而是它背後所帶出的意義。當你的故事裡即將發生一件意外，想一想，你是純粹想讓讀者在閱讀時大吃一驚，或是想要帶出更深刻的思考內涵呢？

這將會決定你的作品深度，以及讀者程度，這一點巧合你不必意外。

月亮故事的

結局之後，思考繼續

情節只是吸引讀者的手段，故事真正的價值，是情節背後想要傳達的主題思想。

作家黃春明寫過一篇短篇小說〈死去活來〉，故事裡的主角是高齡八十九歲的粉娘，而且她死了。

「不是病。醫院說，老樹敗根，沒辦法。」小說開頭，粉娘壽終正寢，因為是家族裡年歲最長，輩分最高的長者，後輩子孫四、五十人紛紛返回祭弔，不想，就在眾人哀戚之間，粉娘突然活了過來，把大家嚇了一個半死。活來便罷，沒多久她竟又死了，喪禮只好繼續，儀式正如火如荼，粉娘卻又再一次復活，把這些因為死訊而回來的子孫們搞得哭笑不得。

如果可以做一個統計，我想這世界上最常見的故事結尾一定是有人「死亡」。彷彿只要問題（人物）死去、離開，或任何原因消失不見，故事就可以結束了。但〈死去活來〉這篇小說卻選擇從死亡開始，忽死忽生，笑看俗世，戲謔間卻又帶著真摯動人的情感，反倒使讀者無心量度結尾，而是隨著一場又一場的鬧劇，思考起關於生死、儀式與孝順這些沉重的人生議題，這是大部分所謂「純文學」小說的特性——反思人性。

我曾說過，一篇真正好的故事一定要有「主題」，並不是情節精采就算了，精采的情節只是吸引讀者的手段，故事真正的價值，是情節背後想要傳達的主題思想。

〈死去活來〉這篇小說主題講的大約是生死與人情的本質，但是這樣的範圍很大，它想要我們朝哪個方向去思考呢？尊重死者為大？諷刺孝順只是形式？人類潛能無限，可以死去活來？別活得太老？或是，別太指望晚輩？雖然我例舉得有點荒謬，但這些都是值得細細討論的議題，為什麼這篇小說可以帶給我們這樣的思考呢？

因為故事並不以情節為導向，而是以人性，而人性，是永遠思考不完的。

有一本很美的繪本《公主的月亮》，故事大意是這樣的：

蒂蒂是個公主，真正的公主，國王對她疼愛有加，她想要什麼，國王都會為她找來。這天，蒂蒂公主因為吃了太多莓子餡餅消化不良躺在床上，國王為了討好她，便問她想要什麼東西，國王都會派人為她取來。

這原本只是安慰的話語，更何況一國之中還有什麼東西是國王得不到的？

「月亮，」沒想到蒂蒂公主這麼說，「如果有月亮，我的病就會好了。」

國王聽了，心裡一沉，月亮高掛天際，即便我是國王，這又怎麼可能呢？

焦慮的國王找來他三個得力的下屬：總理大臣、魔法師和數學家，向他們詢問取得月亮的方法。但他們要嘛嫌月亮遠，要嘛嫌月亮大，都說根本無法取得。最後，職司取樂的小丑蹦蹦跳跳出現，向國王提議：「為什麼我們不去問問蒂蒂公主？」

大家都贊成由小丑去向公主詢問。

小丑問公主，月亮有多大？

「大概比我拇指的指甲小一點吧，」她說，「因為只要我把拇指的指甲對著月亮，就可以把它遮住。」

月亮有多遠呢？

「大概不會比窗外的那棵大樹高吧」公主說，「因為有時候它會卡在樹梢間。」

那麼，您覺得月亮是用什麼做的呢？

「你眞笨，當然是用金子嘍。」

是啊，那麼亮晃晃的，不是金子又會是什麼？

小丑給了公主一個金色的圓形項鍊，公主馬上從床上跳起來，生龍活虎。

但是，如果到了晚上，公主看見升起在夜空中的月亮，勢必知道戴在她脖子上的「月亮」不是眞的，那怎麼辦？

國王憂愁的詢問總理大臣、魔法師和數學家，這些學問廣博的專家各個一籌莫展，最後依然是小丑誠實的跑去問公主，為何月亮會同時在她的脖子和天上？

「你眞笨，這很簡單啊，」公主哈哈大笑，「當我的牙齒掉了的時候，原來的地方就會再長出一顆新的牙齒對不對？」

原來如此，月亮死了會再生！

讀到這裡，我真喜歡蒂蒂公主的回答，「我們都太笨了。」這樣的故事，精采又慧黠，一路吸引我們讀下去，繪本結尾畫得很有意思，小丑一個人靜靜望著皇宮窗外的月亮，我想，此刻每個讀者都能有不同的感受與思考。

闔上書本，如果有什麼想法在你腦海浮起，那就是公主的月亮了。

生命必有終點，故事總要結尾，但是，死亡、消失、離去的只會是情節裡的那些角色或物件，故事的主題內涵應該永遠存在，一如月亮盈缺周而復始，死能復生，它不僅高掛飄渺虛空，也能讓讀者裝進腦海帶走。如果可以這樣理解故事，你的作品就不會再侷限於角色的生死或成敗，而是為月亮（主題）而生，你也更能懂得如何讓情節有更深刻的內涵。

一、每一則故事都該有觀點想法，創作前先想想，你想藉由這則故事告訴他人什麼？該用什麼角色、什麼情節來呈現？

二、別直接表達觀點，每個人的觀點都是一顆月亮，在他人看來是又大又遠又硬梆梆的，根本得不到。盡量試著用有創意的方法取下月亮，別硬要說教，否則我們便不需要故事了。

三、死亡是很便利的結束手法，但它不該是一體適用的故事終點，為了引申出故事核心的思考，故事中的角色可以超越生死。

四、所謂的超越生死，並不專指奇幻或靈異故事裡的鬼魂報仇或復活，也不是隨意操縱角色生死，致令讀者不耐，而是：「人死了，但故事真正想說的是什麼？」這種，不以角色的成功或死亡為終點的情節內涵。

故事確實吸引人，但故事底下的幽微之處，才見真正的生死。

五、故事總有停止的一刻，但讀者可以思考的時間是永久的。

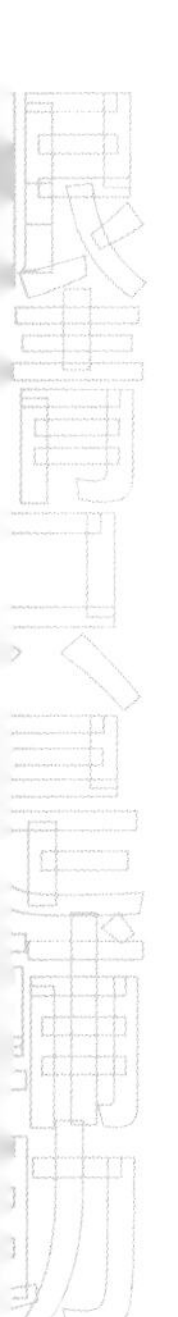

太陽故事的

完美得難以直視

當角色有了缺點，就能從中挖出細節，鋪陳出動人心魄的故事。

不知你有沒有發現，自古以來，文人詩詞裡詠嘆月亮的多，描寫太陽的卻很少，而且，月亮在作家筆下總是旖旎瑰麗、風貌萬千，而太陽寫來就相對簡單，大多就是明亮溫暖，這是為什麼？

原因我們稍後再來討論，先來分享我的個人經驗。

我有兩個兒子，他們都愛看超能英雄電影，喜歡玩打架的遊戲，而且每次玩遊戲都不喜歡死。

有一天，小兒子又找我陪他玩打鬥遊戲，我砍了他一刀，他說他刀槍不入；我射了他一槍，他說他不死之身；我戳他肚子，他笑一笑說他永生不死；我用棉被大砲包圍他，他說他的角色無所不能，怎樣都不會死……

這也太犯規，根本就是超人！我心想。

說到超人，這十來年，因為電影科技到位，大螢幕裡出現了許多超能英雄，一個一個在電影院裡大搞破壞、大顯神威，還順便大賺觀眾的錢，而觀眾依然甘之如飴，每有新的超能英雄電影上映，還是乖乖花錢買票捧場，超貴的周邊商品也毫不手軟，給他買下去。

但是，在這波守護地球的潮流中，「超人」可以說是所有超能英雄的始祖、幾乎毫無缺點的主流角色，推出電影卻總是毀譽參半，不管是換導演或換演員都一樣，很難有全面的好評出現，更不用說票房了，總是被「復仇者聯盟」壓著打。

電影工業很龐大，能不能賣座，背後都有複雜的因素，但其中一個原因，我想是因為這個角色缺點太少，太完美了。

想一想，我們的SUPERMAN可以飛天遁地無所不能，刀槍不入連核彈都打不死，誠實、善良、謙虛、勇敢又願意守護比他弱小的人類，高大帥氣為善不欲人知，重點他還是純天然太陽能的，一點都不消耗地球能源。

優點無數，簡直無敵。

就是因為無敵，所以他的故事也無敵難寫！

在地球上，我們很難讓超人遇到困難。（創作者還得為他設定一個不太說得通，但又必須要存在的弱點「氪星石」！）相形之下，血肉之軀，崇尚非法正義的蝙蝠俠就比較好操作，所以他的系列電影評價也好得多。

大家都愛漂亮、完美、毫無瑕疵的事物，但光潔明亮，一點雜質都沒有的東西，我們是欣賞不出什麼所以然的，除了美，我們甚至不知該如何形容，這點，你問會畫畫的人就知道，醜的東西比美的東西更好畫、更容易捕捉特色、更能表現繪畫者的技術，或者換句話說，一片平坦光亮，沒有任何層次起伏的事物，美則美矣，其實簡單過頭了。只有那些有明有暗，有細有粗，有稜有角的事物，才會有更多的「細節」可以探索、可以鋪陳、可以描繪，畫起來更有風韻。

轉過來看看月亮，人家有圓有缺，每天都在變化，表面上那些坑疤凹洞與暗影雖不好看，但總是透露出一股神祕詭異卻又引人好奇的氣氛。

而太陽這傢伙，成天放閃，因為人類肉眼的限制，看來看去就只是一顆光球，白亮無瑕，也就是什麼都沒有。

所以，看出來了嗎？比起月亮，太陽就像超人一樣，太恆常，太明亮，太強大了，一絲缺點也沒有，根本生不出故事來。

回頭來想想故事角色的塑造，鋼鐵人、蝙蝠俠或蜘蛛人電影的成功，除了視覺特效真的拍得不錯之外，角色的特質其實很重要，這是故事的資源所在。鋼鐵人是血肉之軀，得依靠機械心臟與鋼鐵外衣才能參與戰鬥；蝙蝠俠是一個有憂鬱性格的富豪，只在黑夜出現，維持著高譚市的地下秩序；而蜘蛛人，就是個煩惱比蜘蛛絲還複雜的慘綠高中生……這些身懷驚世能力的英雄也有人際問題，也有性格缺陷，也有情緒低潮，也會感到無助……換言之，這些超能英雄像人，有明有暗、有細有粗、有稜有角，而不是像永遠高懸天際，毫無陰暗面的太陽。

而當角色有了缺點，我們就能從中挖出細節，鋪陳出動人心魄的故事。

打造有陰暗面的太陽：

一、避免完美無缺的外表

若要故事人物有血有肉，觸動讀者心弦，在設定角色時要減少出現完美無缺的外型，這種角色類型帶給人的觀感太有距離。試著給角色一點傷疤、髒汙或肢體缺陷等，那才是真人的模樣。當然也不是一定要醜陋，如果你偏好角色外表的精美，那麼其他部分的設定值調低一點也是可行的，比如性格。

二、角色的特殊性格

積極、善良、熱情、勇敢、不食人間煙火……這些性格都太有主角特質了，若可在這些特質中，再加入一些有特色的性格類型，如小氣、膽小、奸詐、幽默、浪費甚至有點殘酷……等特質，讓角色的耀眼性格裡加入一點陰暗面向，故事會更有發揮的空間。

三、一個有過去的角色

故事就是人，人就是故事，當故事中的角色帶著一段過往回憶，情節就能在其中發展。可以利用前述角色的外表特徵或特殊性格等設定，順勢帶出角色過往的經歷，既能讓角色更豐富有層次，又能更完整的交代故事背景，這是很好的修正技巧。不管這角色原本的設定是美或醜、性格是正向或負向，只要把過往的經歷鋪造得好，人味自動就出來了。

四、故事中帶來的磨難

當然，你還是可以堅持，非得讓一個完美無缺的角色出場不可，那麼，試著讓該角色在故事進行中遭遇到磨難、挫折，動搖生死的巨大打擊等等，留下了不可抹滅的傷痕或者在性格上產生了一點轉變，使其有所成長或終於喪志墮落，都不失為一種很好的情節設計。

切記，從頭耀眼完美到底的角色，美則美矣，就是太簡單了。而即便是太陽，如果我們用攝影機靠近點去看，還是有陰影的。

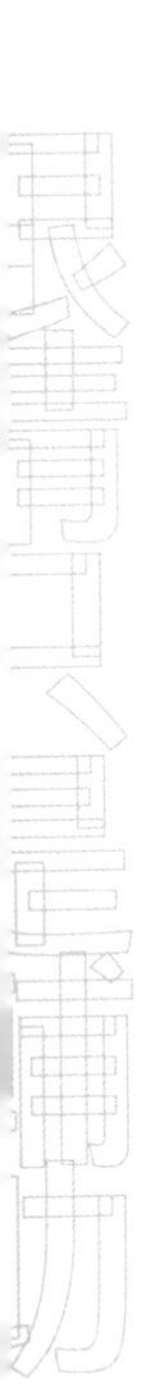

鬼魂故事的

看到鬼是有原因的

故事裡人死了還變成鬼出現，身上必然有一股至死也不能化消的執念，這是鬼魂存在的價值。

在現實世界裡，你看過鬼嗎？我想應該沒有。

但在故事的世界裡鬼魂可不少。哈姆雷特就看過鬼，哈利波特也看過鬼，驅魔神探康斯坦丁看過許多鬼，城隍爺自己就是鬼，林投姐更是一個有名的女鬼。

鬼是什麼？為什麼故事裡有這麼多鬼？

大部分的人相信人有靈魂，當我們死後，靈魂離體，就成了鬼魂。雖說人鬼殊途，但鬼魂往往仍然帶有我們某部分的意志，會去執行我們生前念念不忘的事情，直到有朝一日投胎轉世，得到一個全新的身體，變成一個新的人，或者相反，當鬼當到天荒地老，永不超生。

依照這個想法延伸下去，我們可以把鬼魂看成是一種「持續執行某種意志」的超自然力量，當然，天使啊神仙之類的，也算是超自然力量的一種，不過，天使與神仙因為居住環境舒適，資源豐富又無欲無求，超然聖潔簡直沒有人性，形象的表現通常會是明亮而討喜，性情上較為豁達，也更容易寬容（他人與自己），相比之下，鬼魂的形象就醜一些，恐怖一點，意在使人心生畏懼，敬而遠之。

因為要「持續執行某種意志」，鬼魂的基本個性大多是執著，執（怨）念很深，是的，跟我們周遭某些「人」很像。當鬼魂出現，通常是為執行恫嚇、誘惑、掠奪、復仇、警告等帶有負面觀感的工作而來。

好了，把人，哦不，把鬼說得有點可怕，讓我們再回到故事的討論裡來，真實世界裡的鬼很恐怖，但故事裡的鬼卻不只是恐怖而已，除了單純要嚇人的鬼故事，在故事裡「看到鬼」到底有什麼意義？

我們用故事來說。

十九世紀英國大文豪狄更斯有一部廣為流傳的經典小說《小氣財神》，雖然中文書名裡有個「神」字，但它卻是個不折不扣的「鬼」故事。

富豪史古基在好朋友兼合夥人馬里死後，一個人獨力經營著偌大企業。雖然家財萬貫，但史古基吝嗇成性而且尖酸刻薄，不僅對街上的窮人一毛不拔，對於自己的員工鮑伯更是百般苛刻，連聖誕節都不想讓人家放假，因為他信仰薄弱，視錢如命，認為慶祝聖誕節只是一種騙錢的行當。

但是，在這充滿善意與感恩的聖誕夜裡，史古基卻要面臨改變他一生的恐怖經歷——好友馬里的鬼魂出現了。往生多年的馬里面容憔悴，槁木死灰，確實帶著一副死人臉，他的身體被無數鐵鍊綑綁，鐵鍊上掛著他生前最喜愛的錢箱、鑰匙、房地契與帳簿等，移動的時候叮叮噹噹響著，讓他受盡折磨，但可憐的馬里卻無法擺脫禁錮，只能佝僂而行。

馬里的鬼魂為什麼會出現？這是故事巧門所在。

他是為了警告史古基而來。怎麼個警告法？這手法有點心理學的味道，他化身成三個幽靈，分別代表過去、現在與未來，帶領史古基穿越時光去看三齣「戲」，分別是：過去充滿理想抱負的史古基、員工鮑伯家聖誕夜的當下現況以及死況淒涼幾乎無人悼念的未來史古基，每一幕都令他汗涔涔而淚潸潸。

夢醒之後，鬼去樓空，終於回到現實的史古基大澈大悟，人生態度有了一百八十度大轉變，不僅待人和藹，樂善好施，而且對於員工非常體恤大方，成了人人稱讚的大好人。

這故事的結尾皆大歡喜，大力讚揚傳統聖誕節精神，應該是歷史上最不恐怖、最溫馨、最富有教育意義的鬼故事了吧。史古基雖然是小說主角，但真正讓這故事流芳百世的，應該是那幾位演技飽滿、特色鮮明的聖誕節鬼魂。

這裡頭的鬼，雖然形象還是不好看，把史古基嚇得屁滾尿流，但他們既不索命也不謀財，純粹為警告史古基而來，鬼魂的惡意，最後證明了是善意。

那麼，讓我們再想想，鬼到底是什麼？

鬼魂是一種特殊的存在，它有警懲意味、它能依附他物穿牆走壁、它可以延續意志，它總是嚇人害人，但有時候也能救人。在故事裡我不建議有太輕易的死亡，因為死亡通常代表終結，沒戲唱了，但如果故事裡有鬼魂，那又不一樣了，以故事的角度來看，那是同一個角色的另一種生命形態。經典電影《第六感生死戀》裡，男主角山姆意外死去，化為鬼魂繼續愛戀守護著女主角莫莉，記得嗎？前面提到鬼魂就是「持續執行某種意志」的超自然力量，這隻鬼是帥了一點，但他依然在證明這一點。

讓我們再說清楚一點，其實人活著就是持續在執行某種意志，在故事裡如果人死了還變成鬼出現，那麼不管是善是惡，他身上必然有一股至死也不能化消的執念，這是鬼魂存在的價值，事實上也是一種人性，身為創作者，你應該這樣理解。

故事怎計算

鬼魂的使用須知：

一、一定要有鬼魂嗎？

除了單純的鬼故事，你的故事裡為什麼要有鬼魂呢？鬼魂的設定會使死亡變得輕易、生命有重來的可能，悲傷感會被減弱，甚至連角色設定都會被翻轉，創作之前，你得想想，你的故事裡一定要有鬼魂嗎？它要在故事裡做什麼呢？

二、嚇人只是花拳繡腿

鬼魂是未知之物，我們當然會害怕，但若在故事裡設計一個鬼魂，只是為了鋪陳嚇人的情節，那也太浪費了，別忘了，鬼魂也是人變的，除了做些鬼事，也能做些人事。

三、掌握鬼魂的人性

人死後變鬼，鬼是人的延伸，所以鬼魂必然帶有原本的人性，否則便失去了鬼魂的意義，人性就是文學性，寫鬼魂的時候除了盡情恐怖之外，若能細細刻劃它的人性轉折，那麼這個鬼魂就有了生命力，就能從超自然的存在，成為一個有溫度的文學角色。

四、讓每個鬼都有個性

鬼魂像人但不是人，它還是得有我們一般人對於鬼魂的認知，比如忽隱忽現、可以穿透、可以依附、可以變形等等。但除了這些基本功能，鬼魂畢竟還是故事裡的角色，給他們一點個性或專長，讓鬼也有各自的特殊技能，搞不好他們可以比人演得更好。

故事的死亡

輕於鴻毛還是重於泰山？

若你決定故事裡有某個角色必須去死，一定要清楚明白其中的效果與內涵。

「力拔山兮氣蓋世，時不利兮騅不逝。騅不逝兮可奈何，虞兮虞兮奈若何！」

西楚霸王項羽與漢王劉邦的楚漢相爭我們耳熟能詳，這是霸王項羽在垓下對寵妃虞姬所唱的最後一首詩歌，聽完了這段深情告白之後，虞姬便舉起項羽的佩劍自刎了。

項羽固然悲痛莫名，在死亡的面前卻是無能為力，彼時正是四面楚歌，十面埋伏，敵軍早已包圍在即，即是不世霸主也只能號令僅剩的幾百鐵騎突圍而去。

歷史我們早就知道，霸王固然驍勇善戰，但勢單力薄的楚軍終究不敵劉邦幾千大軍圍殺，最後終於退至烏江邊，項羽無顏渡江面對江東父老，遂放棄坐騎烏騅馬，徒步持劍又斬殺了敵軍數百，依然無力回天，在傷疲交加之下引劍自刎，徒留四面傳唱的淒涼楚歌，西楚霸王的天下大夢，至此殞落。

這個故事很美，電影《霸王別姬》以這個典故為背景，拍出同樣令人盪氣迴腸的愛情故事，得了坎城影展最高榮譽的金棕櫚獎與金球獎最佳外語片殊榮。

電影拍得很好，在歷史與人性的虛實之間，喻意穿梭得讓人喘不過氣，到了最後，戲曲名伶程蝶衣突然在師兄段小樓面前抽劍自殺，則令人錯愕。

他為什麼要死？

我們再問得深入一點，死，到底代表什麼？

人只有一條命，死了就沒了，但故事裡卻常常看見死亡，死亡是人類最大的恐懼，有難以穿透的神祕感與衝擊生命的巨大力量，在故事裡操作死亡，其實不是簡單的事。

死亡，就是生命的終止，也就是時間的終止，如果你讀的故事不是太奇幻或者太爛的話，死亡，其實也就表示這個角色人物的故事沒了。也因為死了就沒了，所以死亡代表的意義是很沉重、嚴肅而且不可逆的，若你決定故事裡有某個角色必須去死，請你一定要清楚明白其中的效果與內涵。

《七龍珠》是經典漫畫，裡頭最令人印象深刻的死亡場景，我想會是比克大魔王為悟飯代死那一刻，因為當時復活還是困難的事，所以比克的犧牲顯得既悲壯又淒涼，十足動人心弦，直到……他再次復活！對，七龍珠開始被濫用，從此死亡變得輕易，比羽毛還輕，再也榨不出讀者的一滴淚。

而同樣是搜集寶石讓人許願復活的套路故事，復仇者聯盟《終局之戰》收成了超過十年的布局經營，累積驚人故事深度，打破了影史許多賣座紀錄。當情節來到關鍵一戰，鋼鐵人東尼史塔克搶得無限手套，對著大反派薩諾斯堅毅而篤定的說出「I am Iron Man!」時，我感受到電影院裡一片靜默。

這是怎樣的死亡呢？

東尼史塔克是一個歷經大小戰役，出生入死，失去了許多戰友的堅毅戰士；也是一個努力渡過敗亡心境，終於與心愛的人結婚，生了一個可愛女兒，在一個景色優美的湖邊小屋平靜又富裕的生活了五年的男人。

當大戰再度來臨，天降大任，甫從心理創傷走出來的這個男人，必須在幾秒鐘之內做出一生中最艱難的決定，要失去生命還是再心碎一次？

而他終於選擇彈下手指。

這是一個犧牲自己捍衛宇宙一半生命的死亡。

彈指很輕，但離別很重。

「I am Iron Man.」，身分角色的自我認同與堅持為生命奉獻的精神，讓這結尾一幕迴響不絕。

先把眼淚擦乾，讓我們回到《霸王別姬》電影。故事裡，虞姬是程蝶衣所扮，程蝶衣是個男扮女裝的戲曲名伶，小時候在戲班裡渾名小豆子。現實裡，飾演程蝶衣這位演員我們認得，他是已逝巨星張國榮，而我們之所以知曉張國榮，正因為他是個演員。

這樣一個角色，有好多身分層次，戲裡有戲，角色扮演著角色。

電影到了最後，臉上化著虞姬妝容的程蝶衣自殺了。

我們常說戲如人生，這一幕死亡，你說，死的是虞姬、是程蝶衣、是小豆子，還是在現實世界裡做了同樣選擇的張國榮呢？

或者我們這樣問，死的是荒謬的歷史循環，是凋零的戲曲文化，是幾十年歃血患難的友情，還是那樣一場，難以言說的愛情？

在故事裡，這樣的死，不只重於泰山，足夠名留千古了。

死亡有輕有重，用得好上天堂，用不好那就不痛不癢，須斟酌使用，以策安全。

一、死亡的必要性

死亡很沉重，非到必要人們不會輕易就死，所以寫故事時，若真的要把角色寫死，先想一想，有沒有必要，還有沒有其他的可能。

二、死亡的影響力

西方有句諺語：「沒有人是一座孤島。」每個角色的死亡，必然牽連著愛恨情仇利益糾葛，死亡雖是角色的終結，但不一定是故事的結束，因為一個角色的消逝所引發的連鎖效應，是故事很好發揮的材料。

三、數量會稀釋死亡

有句話是這麼說的：「死一個人是悲劇，死一百萬人只是數據。」想要讓死亡有重量，你必須先鋪陳角色，讓角色在讀者心裡產生同理感才會有效果。「有數十億人因為這場戰爭而死」，跟「東尼史塔克因為這場戰爭而死。」力道差很多。

四、死亡別鋪陳太長

有些故事為了賺人熱淚，總是讓角色「死很久」，把一生的回憶播了又播，寫了又寫，就怕讀者不感動。其實若角色真正塑造得好，他還活著那些篇幅就已經夠了，死亡自然會為讀者帶來遺憾與悲傷，不必多灑狗血。

五、想死可以，別隨便活

這是溫馨小提醒，除非你的故事只想輕鬆搞笑，不想經營深刻的情感，否則，別太輕易讓你的角色死亡，而更要小心的是，別輕易讓他們復活。

巨人故事的

在人類的觀點之外

撇除人類視角，你會更謙卑，會發現，這世界上的故事根本寫不完。

我們是人類，我們寫人與人的故事，但人類不可能獨活，在我們周遭還有許多生命與物質，構成了環境，我們無時無刻都在跟周遭環境產生連結，我們活在環境中，所以除了人（或者，不管是怎麼想像出來的生物），故事裡總還得有些環境，比如說城市、高山、森林、沙漠、太空、冰原……。

隨著時代進步，人類科技提升，生活版圖擴張，大自然為生命所營造的環境逐漸失衡，危及地球存續，人類產生反省意識，環境因素在許多故事裡的比重漸高，有些故事甚至是特別為環境而寫的。

法國重量級圖畫故事作家法蘭斯瓦·普拉斯就對人類以外的物種與環境特別有興趣。《最後的巨人》是他震驚圖文世界的處女作，一推出就得獎連連，至今仍是令讀者津津樂道的神作。

故事是這樣說的：

> 十九世紀中葉，聲望卓著的生態畫家阿契巴德在無意間買下了一顆巨人牙齒，那顆牙齒之大，可比人類的拳頭。經他細膩觀察，發現了巨齒中有通往巨人國的地圖，他一時興奮至極，遂花費鉅資組成探險隊，準備前往探尋傳說中的巨人領土。

旅途當然危險非常，險峻地形與惡劣氣候還是小菜一碟，神出鬼沒的佤族人才是致命關鍵，探險隊沒意外的全數陣亡，只有主人翁阿契巴德倖存。故事發展至此，聰明的讀者應該知道，阿契巴德距離他的夢想之地不遠了。果不其然，就在一次昏迷之後，阿契巴德終於被傳說中的巨人所救。

故事中他這樣說道：「有個東西把我舉到空中。四顆巨大的頭顱環繞著我，每一顆上面皆布滿刺青圖騰，他們目不轉睛盯著我看。我再度失去了知覺。」

阿契巴德來到了巨人之國。

巨人總共有九位，除了巨大無比，他們的形體與長相都與人類無異，只是身上遍布奇特的紋身。令人驚奇的是，那些紋路是活的，不僅能隨周遭環境變化，還能呈現出巨人當下的情緒狀態。巨人之間平素很少言語交談，僅靠身上的紋路變化示意，幾近心靈相通，阿契巴德讚嘆不已。巨人生命融合於自然，且性格溫馴，對待阿契巴德非常友善，某天，阿契巴德發現巨人身上竟然浮現他的圖像，才發現，相較於他用畫筆記錄生命經驗，巨人的畫布就在身上，能把經歷與記憶刻畫在皮膚上。

而巨人身上浮現阿契巴德圖像，表示巨人真正接納阿契巴德，視他如親。

然而，阿契巴德畢竟是人類，他最後還是選擇回到人類世界，並且將旅途中的經歷繪製成一本見聞錄，巨人國的路徑當然也記錄其中。

巨人！

這麼誇張的記錄人們不信，因此阿契巴德帶領了新的探險隊再度往巨人國度而去，因為新書暢銷帶來的收益，這一次，他受到當地權貴熱情的招待，直到……政府運來一顆巨人頭顱當作送給他的驚喜！

九位巨人全被殺了，神祕的巨人族被見獵心喜的人類滅族了！

「你就不能謹守沉默？」

阿契巴德哀痛欲絕，懊悔自責，但再也喚不回那些神祕溫馴，與自然共生共息的大朋友們。從此他棄絕身分，浪跡天涯，不再追名逐利，為了深刻紀念，每到一個陌生的地方，便請人幫他在身上刺青，那可能是一段故事、一首歌謠或是一個圖騰，就像他的巨人朋友一樣。

他依然傳遞故事，會向旅程上遇見的孩子們訴說那些驚險的旅行經歷，卻再也不說那顆巨人牙齒的事了。

這故事結局有點哀傷，人類對自然環境的粗暴侵略，以及對其他物種生命的不尊重，惡行惡狀又一次打在我們自己臉上。

述說人與環境之間關係的故事很多，電影《泰山》、《阿凡達》、《明天過後》、《海洋奇緣》，小說《群》、《複眼人》、《羊毛記》等等，情節不外乎人類自大傲慢，不尊重自然環境，過度汲取資源，導致環境產生反撲，就彷彿大自然的報復，或者，上帝的懲罰，最後人類終於得到教訓，學會與環境和平共處。（身為幸運的人類，我們永遠擁有第二次機會。）

但如果你細心讀我的簡介，會發現《最後的巨人》故事裡並沒有「大自然的報復」這部分。也許你會問：「我們人類要如何從中得到教訓呢？」（或者，如何得到第二次機會？）

我想，事件發生後，主角高貴的緘默與贖罪般的苦行就是他的學習，也是我們該得到的學習。（至於第二次機會？我們人類或許沒那麼幸運。）

我個人很喜歡這個故事，作者的謙卑與智慧，讓故事不陷入加害者與復仇者的僵化窠臼，而是帶出更寬廣慈悲的格局與視野。客觀來說，人類確實可以對大自然予取予求，自然環境也不一定就會像宗教信仰那樣報應在人類身上，但是，就如那經典的《罪與罰》，身為大自然一份子的人類，如何能逃過毀壞生存環境與屠害物種生命的自我譴責呢？

更何況，他們是如此順應自然，如此平和溫馴，如此纖細友善的，巨大的人呢！

自然環境就在我們身邊，有些書寫建議給你：

一、多見聞

想要創作故事，多旅行；多閱讀，多聽多看，增廣見聞是對任何寫手的基本要求，想寫與環境有關的故事，這更是基本中的基本。

二、少戲劇

人類破壞了自然平衡，環境往往會產生變化，反過來影響人類，這是客觀現象，我們用人性化的觀點把這樣的狀況叫做「大自然的復仇」，也沒什麼不好，但如果你願意把心態放寬，把視野放得遠些，別讓報應這麼戲劇化，或許你的故事會更有深度。

三、轉視角

你試過設身處地幫別人想，但你試過設身處地幫大自然想嗎？幫猩猩想？幫北極熊想？幫北極的魚想？幫一棵樹想？幫樹上的鳥、幫樹下的草、幫快要被吃掉的那條蟲想？撇除人類視角，你也許會更謙卑，也許會發現，這世界上的故事根本寫不完。

四、具象化

自然很大，知識萬端，談及環保議題似乎總要隱含豐富知識，最好帶有教化寓意，但這樣一板一眼寫來真枯燥。若要讓故事好看，先別著急說道理，你可以試著具象化，把自然環境擬寫成一個可見對象來跟人類對戲，比如雪女、哥吉拉、《海洋奇緣》裡的塔菲緹或這故事裡的紋身巨人。

試想，誰不愛這些呢？

天神

故事的

冷眼旁觀的造化之眼

故事是想像，神與鬼也是想像，
基本上鬼神的說法就是一種故事。

世界上有許多宗教，每個宗教信仰裡都有神，天神是至高無上的存在。

有些神喜愛與人類接觸，常常幻化人形，不時秀一手神蹟，惡作劇作弄人類，開心時開心，悲傷時悲傷，還很愛生人類的氣，臺灣信仰裡的神祇或希臘眾神都屬這一類。

有些神則比較疏離，不太會現身，也很少干涉人類的作為，只會在冥冥之中操弄造化，讓看似隨機發生的生命事件，隱約有一股早已注定的感覺，像是基督教信仰裡的上帝或伊斯蘭教的阿拉。

故事是想像，神與鬼也是想像，基本上鬼神的說法就是一種故事。

小時候看過一部電影，片名叫做《上帝也瘋狂》。

故事說的是，在遙遠的非洲有個部落，周遭環境荒涼而貧瘠，生活條件不是太好，不過部落裡的人都能平和度日，不知道什麼是煩惱，因為他們認為上帝總會給予足夠的物資，不多也不少，所以每個人都懂得分享。直到有一天，一架私人飛機飛過，駕駛隨手從空中丟落了一個可樂瓶，掉到他們部落。

這東西不能吃也不能喝，透明得像水又堅硬得像樹木，部落裡的人從來沒看過。

主角「奇」撿到了這個瓶子，認為這是上帝送給部落的禮物，與大家分享。人們拿玻璃瓶來敲打木頭，吹奏音樂，桿蛇皮，當搗杵……發現都很好用，然而瓶子只有一個，不可能滿足所有人需要，沒多久，原本知足祥和的部落竟被這個亂入的玻璃瓶搞得人仰馬翻。奇看著族人痛苦，認為這玻璃瓶是個「邪惡之物」，他不要了，想把它還給上帝，但是不管他是往天空丟去，或是埋到土裡，瓶子總會再出現，彷彿上帝又丟還給他們似的。最後，奇徵得長老同意，要帶著這個瓶子旅行到世界的盡頭，還給上帝。

一路上，奇遭遇了許多人，經歷了各種匪夷所思的事件，情節曲折離奇，卻又充滿荒謬巧合，好笑得令人捧腹。最後，故事當然是圓滿結局，奇終於來到一個高崖，眼前是綿延無盡的雲海，他以為這就是世界的盡頭了，手一揮，輕輕的把那瓶子往懸崖下丟，終於把瓶子還給上帝了。

電影結束之際，當平凡無奇的可樂瓶子翻入雲海，我們幾乎都能感覺上帝在遠處冷冷的看著，也許還帶著一點惡作劇成功之後，洋洋得意的笑容。

神，是一種很特別的存在，祂全知全能，可以輕易化消人類所有苦痛，所以我們恭敬虔誠，但神意往往難測，比宇宙還深奧，所以我們想方設法要探得神明的旨意，燒香擲杯乩童起駕、祭司傳達神諭、巫師占卜、聖靈顯示……不一而足。而神卻又愛插手人世，撥弄一下命運齒輪，使人一下萬念俱灰，一下又滿懷希望。祂常常喜愛考驗人類，有時是惡作劇式的小測驗，有時卻是死傷無數的大考驗。祂既有慈悲心腸，彷彿又袖手旁觀，使人信仰依靠卻又充滿懷疑，就像我們對待自己的態度。

比如說，《上帝也瘋狂》這部電影，通篇除了喜劇元素以外，幾乎都是寫實得不能再寫實的情節，一點奇幻元素也沒有，但故事到了結尾，我們卻隱然覺得這是上帝冥冥之中的安排，傳達的觀點很有意思。

我們人類創造「神」這個概念，能判善惡、懲忠奸，能使風調雨順也能連下四十晝夜大雨，能司五穀豐收也能使天火焚城，幾乎就是我們所有未知的一切。這樣的存在，不管是西方的上帝或東方的神祇，跟自然造化（命運）的難以揣度與反覆循環的特質，是不是有點像呢？

讓我們再深入一點思考，當故事中的角色際遇、情節鋪陳轉折難料卻又巧妙得令人擊節讚賞時，這創作者的角色，是不是也有一點像……

故事怎計算

神是命運操盤手，若要寫出有神的故事，你可以從幾個角度著手：

一、冷眼旁觀的神

看過電影《浩劫重生》嗎？裡頭有顆威爾森排球，安靜的陪伴主角在小島上度過四年的孤單生活，主角時時對著排球說話，那是一種心靈依託的表現。而威爾森既是一顆無言無語、冷眼旁觀的排球，又被畫上一張臉而介入主角孤島生活，如果你看得深入，很難不把它跟造化之神看成一體。

二、早有作手的神

把一切情節安排妥適是作者的責任，但故事裡的迂迴情節最後如果都導向冥冥之中早有安排，而且還能帶出某種意義與目的，讀起來雖然容易有太強烈的教育意涵，但因為呼應巧妙，有時候其實也挺好看的，比如電影《王牌天神》裡的上帝，手把手的帶領布魯斯走向新人生，一切的自由意志，都是老天爺的編寫。

三、樂觀其成的神

經典的科幻電影《駭客任務》，裡頭的電腦母體幾乎就是上帝的象徵。最後男主角尼歐與電腦母體達成協議，以一己的犧牲換得人類的生機，這時電腦大可冷血反悔（畢竟是機器），但身為母體核心的兩個老人在結尾一番對話，略有張力卻平和收場，或許是各取所需，或許是樂在其中，我們不得而知，但總得有如此的妥協與順應，故事才有餘韻，精采絢麗。

四、化身為人的神

神是孤單的，所以往往不甘寂寞，化身為人。這裡說的不是突然現身嚇人那種，而是以人的生命形式存活在世界上，引領人心那樣的角色。超能英雄的老祖宗「超人」就是經典例子，事實上，耶穌基督雖說是神之子，但其實也就是以人的肉體形象行神蹟的一種表現。至於我們臺灣民俗信仰裡的神，化身為人到民間遊歷一番、或奉旨下凡降妖伏魔，那早不是新鮮事。

五、人定勝天

雖說到頭來一切都是神的安排，但有時候人類也能超出神的預期。有一部很特別的超能英雄電影叫做《守護者》，裡頭有位幾乎全知全能的角色「曼哈頓博士」，他講過一句話：「上帝是存在的，他曾是個科學家。」但即便這樣一位至高無上的超能者，還是被一個帶有野心的人類英雄給說服了。那是心思細膩的變裝英雄「智謀者」，以凡人之軀挑戰「曼哈頓博士」神一般的存在，故事結尾帶來悲傷，卻也充滿希望。

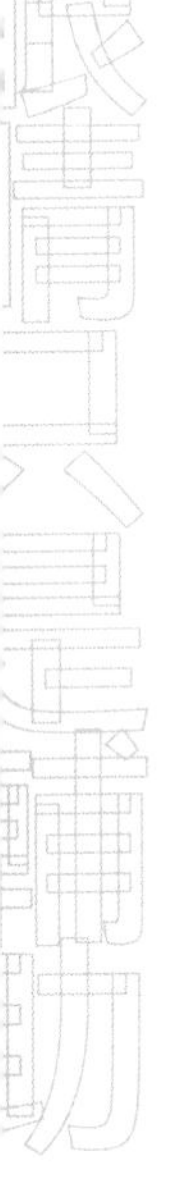

故事的**讀者**

創作者的第一個身分

想成為稱職的作者，你得當稱職的讀者。
然後，創造自己的讀者。

想做菜的人讀食譜、愛旅遊的人讀遊記、那個認真讀著說明書的人，可能正想要啟動新買的多功能掃地機器人……這世界上不會有一本書適合所有的人，當然，也不會有一個故事受所有人喜愛，讀者會選擇故事，故事也會選擇讀者。

《修煉》的讀者可能也愛看《冰雪奇緣》、愛看《變形金剛》的人也許不喜歡《彩虹小馬》、喜愛「東野圭吾」小說的讀者應該不排斥「約翰・勒卡雷」的作品、愛看《蠟筆小新》的人也許正好熱愛《白鯨記》、鍾情《蛻變》的人大概對《野蠻遊戲》沒興趣……

好看或不好看？還是後話，在這之前，你可能要先釐清楚，故事是要寫給誰看的？這個問題很重要，跟所有的故事都有關係，而另外一個問題，則跟所有的創作者有關：身為創作者，你會讀故事嗎？

這裡有一首短詩，我們來看看：

我今天沒有洗碗，
直到下午兩點半，
才整理床單。
尿布泡得太久，

味道漸漸發散。

昨天的麵包屑掉在地板，
盯著我看。

玻璃窗上，汙痕片片，
好像藝術家揮灑的線，
再下雨時，還會看見。

人家看見時，會怎麼說啊？
「好差勁」、「你這懶鬼」或者，
「你今天都做了什麼？」

我餵寶寶喝奶，
直到他睡著。
我抱著他，
直到他停止哭鬧。
我和他玩躲貓貓，
為了逗他笑，
我把玩具弄得吱吱叫。
我邊搖搖籃邊唱歌。
想教他什麼是對的，
什麼是錯的。

今天一天，

我都做了些什麼？

沒什麼了不起，
一點小事而已，
在人眼中的螞蟻，
於我是鯨魚。
今天一天，
我，不過，
給那個雙眼比天藍，
頭髮金黃的小不點，
作伴。

或許對你來說，
是小圈圈，浪費時間。
但是對我而言，
是月圓，是永遠。

這首小詩名叫《今天》，作者不明，但在英語世界廣為流傳，日本畫家「下田昌克」曾以這首詩為文本，畫成繪本《今天》，臺灣也有翻譯出版。

我在偶然間看見這本小書，非常喜愛，一口氣便買了三本，一本自己留藏，另外兩本分別送給當時剛成為媽媽的兩位女性友人，其中一位當場翻閱起來，在我面前怔怔的就紅了眼眶，止不住的流下淚來。

你呢？是否也有同樣感受。

如果你願意接受作者邀請，走入書中，有這種感觸我想是必然，這是正常的

「讀者反應」，也是作者寫下這段文字的初意。

但我們是故事的創作者，記得嗎？

你有想過是誰在說這則故事？從敘述口吻來看，這位說故事的人（我想必然是個媽媽）個性如何？學識如何？生活品質如何？婚姻狀況又是如何呢？是什麼動機驅使她說出這些事件？你有看到前半段字裡行間的自我譴責與後半段的安定與自在嗎？如果你讀了文章之後有心酸、悲憫、寬慰，甚至有得到鼓勵的感覺，試想，為什麼？你的身分背景為何？哪些字眼呈現出自責？哪些字眼呈現出焦慮？哪些字眼呈現出滿足？文中為何要呈現那些沒洗的碗、臭尿布、髒地板和充滿汙痕的窗玻璃呢？這與後半段育嬰生活的陳述有什麼關聯？兩者間是用什麼橋段來分野的？與題目「今天」又有什麼關係？

問題很多，這樣的問題我還可以問你更多，這就是有創作意識的讀者該做的。作者把一張白紙寫成文章，打入我們心底，每個字我們都應當感到好奇，這些文字是怎麼一步一步把讀者的情感（緒）擾動起來的。

到底，作者怎麼辦到的！

就如魔術，一般讀者不必了解這個，但如果你想學，你得試著了解。

想要書寫故事的讀者不會是一般的讀者，這樣的讀者除了讀見情節還要讀見角色，除了讀見角色還要讀見動機，除了讀見動機還要讀見結構，除了讀見結構還要讀見文字，除了讀見文字，有時候，還得讀見作者，甚至超譯作者。

如果你想成為一個稱職的作者，你得當一個稱職的讀者。

然後，創造自己的讀者。

故事怎計算

學習寫作之前，或許你要先學習閱讀，懂了閱讀，或許就懂了寫作。

下列關於給創作人閱讀的建議，提供你參考：

一、抓取感受

認真投入故事，然後試著找到自己的閱讀感受，深刻體會，感受傷心、喜悅、驚訝、喜愛或討厭哪個角色，這是讀者的責任，更是創作者的功課。

二、理解動機

把角色從故事中抽出來，想一想她或他為什麼要做那些事？合理嗎？符合人性嗎？那些事又推動了哪些事？

三、技巧分析

故事精采，扣人心弦，鋪陳入微，這些都是溢美之詞，我們要知道的是，作者是如何使用文字？用什麼技巧達到這種效果的？你讀到哪裡感到傷心？在哪裡發笑？哪裡令你不寒而慄？怎樣的文字技巧可以達到這樣的效果？

四、看見細節

所有厲害的故事都有細節功夫，細節的技巧太繁複，一言難盡，不過閱讀時先練習讓自己能撿拾細節，就很厲害。須注意，不是什麼細節都要撿，這樣太累了，重點在那些對於角色鋪陳、情節推動或主旨有作用的細節。

五、發展觀點

讀完一則故事，無論如何，試著用自己的方式表達觀感，不管是對角色、對情節、對故事背景、對文字風格、題目、開頭、結尾，甚至對作者的想法……都會有幫助。表達觀點不只是表示好惡，至少要知道為什麼喜歡？又為何厭惡？

六、多方思考

有些故事明著講這樣，暗地裡卻是講那樣，讀完故事後可以試著從各個方向切入思考，說不定能真正窺得作品堂奧，至少，也有另得其趣的可能。

七、知識補充

這是老生常談，在故事裡讀見了自己不了解的知識背景，多查詢搜獵，對於理解文本當然有幫助，而閱讀知識多了，日久就會成為創作養分，這也是基本認知。

故事的最小元素是文字，文字能啟動運作，書寫只是把硬體準備好，閱讀才是驅動軟體，無論文筆多麼超凡入聖，缺了閱讀的人，文章不會是文章，故事都不成故事，只是一堆寫出來的符號而已。

因此，故事的作者也該是故事的讀者，事實上，自己永遠是自己故事的第一個讀者，而那是故事完成的第一步。

——各界好評推薦——

說故事原來並不難，只要有「眼」就能照應全文。看了這本書才知道，故事竟然不是只有角色和情節，故事還有形狀、情緒、選擇、演技……等好多好多。跟著貓印子老師的獨門祕技，一起修煉「寫作之眼」吧！

——王楷甯／國資圖二〇二一書香騎士

深刻解讀精采的故事，理解故事隱藏的技巧，寫出精采動人的故事，都在《看得見，才有鬼　修煉故事之眼》得到滿足，而且此書有大魔力，讓人停不下來的好看。

——李崇建／教育工作者

每個會說故事的人，總是特別理解自我與世界。故事讓人理解人生，故事帶著人旅行。這本書讓人讀懂故事，讓人學會述說自我。

——李啟嘉／安樂高中圖書館主任

讀貓印子的書，簡直像在聽他說書，旁徵博引、趣味橫生，常常讓讀者不自覺的微笑，整個閱讀經驗感覺被溫暖的對待，我很享受貓印子順暢的文字跟心靈的陪伴，你也會喜歡。

——吳在媖／兒童文學作家、99少年讀書會創始人

寫作沒有捷徑，除了深讀閱讀和思考，還需要適合的寫作方法，對世界的好奇與生活的觀察。市面上關於故事寫作方法的書不少，這本書特別之處，在於文賢老師透過大量舉例與方法實證，不管是繪本、電影、經典文學、課本文學，都可以發現不同的故事寫作方法。這些故事，是青少年熟悉的，用最熟悉的故事學習寫作，是貼近青少年的。作者分析不同作家怎麼寫作自己的作品，

讓青少年讀者可以直接實作練習。作者也運用故事實例，告訴大家，寫出故事大綱的重要性，如何舊瓶裝新酒，創造屬於自己的觀點與視角，寫出屬於自我風格的作品，培養屬於自己的故事力。是一本值得推薦的故事寫作書，不只適合青少年，也適合想要深度了解故事寫作魅力的大人。

——吳雯雯／送報伕創意閱讀寫作坊執行長

貓印子長期修煉故事之眼的招式，不同於學院派的理論書。從故事外觀開始，帶你進入本體看見每一個小水滴。

——余曉倫／竹東瓦當人文書屋負責人

上一本《因為所以有故事》已經這麼精采，這本《看得見，才有鬼　修煉故事之眼》更上一層樓，把故事講解得好迷人。這樣子讀故事，實在太滿足了！

——官淑雲／曉明女中圖書館主任

作者用他的寫輪眼，一步步揭露故事創作的每一項要素，想成為小說界的火影忍者，就讓這本書領你進村。

——高普／小說家、編劇

透過閱讀故事學會看懂故事，
透過拆解招式學會開著外掛，
修煉絕佳的說故事功力。

——陳季秦／臺中市立東山高中國文老師

在這本《看得見，才有鬼　修煉故事之眼》裡，「太陽」教我們刻畫完美的陰影；「月亮」教我們寫出自己的觀點；還有故事裡的「神」與「鬼」、「生」與「死」……，篇篇精采！跟著貓老師修煉故事創作的眼光和手感，就從當一個「讀者」啟程。

——張佳詩／《看故事，學寫作》作者

作者將閱讀故事轉化成創作能量，他的篩網有最縝密的孔洞，從百年經典到復仇者聯盟，不放過任何好故事。這本書教你如何像一位創作者思考，甜言蜜語的閒聊不是閒聊，角色的情緒不算情緒，戲演完別急著散戲。英雄當如IRON MAN；創作當如謝文賢。

——**張詩亞**／《看故事，學寫作》作者

寫得太棒了，真羨慕文筆好的人，貓印子來說故事，讓故事更有故事。

——**張嘉亨**／臺中市立新國中校長

你說，貓印子寫的是故事嗎？不是，他寫的是一隻貓，一隻觀察敏銳、身段柔軟，滑到哪裡都自有姿態的貓。

——**張雅婷**／點點作文樂學堂創辦人

跟著貓印子老師修煉故事之眼，這本書我也是跪著讀了：閱讀故事，不再只是在作品上打轉，閱讀的範疇應是作品應用過程、評價與詮釋的整體。以往在閱讀故事時，大都集中在主角人物與故事情節的推展，但從此刻開始，即將重新計算故事，重新定位故事形狀、角色與搭檔元素使用、故事的情緒與呼應，讓故事發展的選擇不再平庸。

——**張文銘**／教育部閱讀推手、臺中市漢口國中主任

謝文賢（貓印子）這本書從多元觀點及視角導入寫作技法，對故事創作及文本閱讀剖析極富啟發性，是值得收藏的好書。

——**陶美華**／汶萊《思學坊》創辦人、教育工作者

故事命名比故事重要？故事怎麼可能水滴狀？舊瓶裝了新酒還能讓讀者追問：「然後呢？」這，貓印子就有這個本事。

——**喜菡**／有荷文學雜誌發行人

套一句書中的話：「我著了道，只能跪著讀了！」貓印子像是《莊子養生主》提到的庖丁解牛，用極具創意的方式拆解故事的各種元素，享受閱讀趣味的同時，也讓故事創作變得遊刃有餘，讓人躍躍欲試。

——黃詩君／葫蘆國小教師及創意語文教學講師

快跟著這本書修煉故事魔法！讀完了，你一定會擁有獨到的眼光和思維，閱讀和創作故事。

——劉清彥／資深兒童文學工作者、兒童節目主持人

擅長說故事、品味故事的故事魔法師——貓印子，總能用充滿溫度的眼眸、心靈與筆觸，陪伴每個嘗試開展讀寫故事的學習者。這本書，就是最美好的相伴，它讓經典故事和創意理論不再有距離感，更是語文教育工作者和學習者的源頭活水，跟著它一起開啟從「越」讀進而「悅」讀的修煉旅程吧！我始終相信，能投入享受故事的人，是極其幸福的。

這是一看就能上手修煉故事的魔法書。小說家文賢老師，用富有創意的標題、輕盈明快的解說、具體明晰的寫作策略，讓人心領神會於中。

——劉芳佳／高中國文教師

——蔡玲婉／國立臺南大學國語文學系教授

你也有塵封許久的草稿嗎？每次都只能對著空白畫面乾瞪眼卻遲遲無法下筆？快來翻開這本書，從古今中外文學名家的作品汲取創作靈感。現在就來開啟屬於你的故事！

——簡楷芳／高中自學生

貓印子是讀書人，也是文學家，他結合自身閱讀與創作的心得，提煉成這本深入淺出的好書，帶我們一窺說故事的奧祕。

——羅志仲／溝通與人際關係講師

國家圖書館出版品預行編目資料

看得見，才有鬼 修煉故事之眼/謝文賢文.
-- 初版. -- 臺北市 : 幼獅, 2021.06
面 ； 公分. -- (散文館)

ISBN 978-986-449-234-3(平裝)

1.敘事文學 2.文學評論

810.1 110006109

·散文館046·

看得見，才有鬼 修煉故事之眼

作　　者＝謝文賢
出 版 者＝幼獅文化事業股份有限公司
發 行 人＝李鍾桂
總 經 理＝王華金
總 編 輯＝林碧琪
主　　編＝沈怡汝
副 主 編＝韓桂蘭
編　　輯＝陳韻如
美術編輯＝李祥銘
總 公 司＝(10045)臺北市重慶南路1段66-1號3樓
電　　話＝(02)2311-2832
傳　　真＝(02)2311-5368
郵政劃撥＝00033368

印　刷＝崇寶彩藝印刷股份有限公司
定　價＝280元
港　幣＝93元
初　版＝2021.06
書　號＝986296

幼獅樂讀網
http://www.youth.com.tw
幼獅購物網
http://shopping.youth.com.tw
e-mail:customer@youth.com.tw

行政院新聞局核准登記證局版臺業字第0143號

幼獅文化公司／讀者服務卡／

感謝您購買幼獅公司出版的好書！
為提升服務品質與出版更優質的圖書，敬請撥冗填寫後（免貼郵票）擲寄本公司，或傳真（傳真電話02-23115368），我們將參考您的意見、分享您的觀點，出版更多的好書。並不定期提供您相關書訊、活動、特惠專案等。謝謝！

基本資料

姓名：……………………先生／小姐

婚姻狀況：□已婚 □未婚　職業：□學生 □公教 □上班族 □家管 □其他

出生：民國……………年……………月……………日

電話：（公）……………（宅）……………（手機）……………

e-mail：……………………

聯絡地址：……………………

1.您所購買的書名：**看得見，才有鬼　修煉故事之眼**

2.您通常以何種方式購書？（可複選）：□1.書店買書 □2.網路購書 □3.傳真訂購 □4.郵局劃撥 □5.團體訂購 □6.其他

3.您是否曾買過幼獅其他出版品：□是，□1.圖書 □2.幼獅文藝 □否

4.您從何處得知本書訊息：（可複選）□1.師長介紹 □2.朋友介紹 □3.幼獅文藝雜誌 □4.報章雜誌書評介紹……………報 □5.DM傳單、海報 □6.書店 □7.廣播（　　　　） □8.電子報、edm □9.其他……………

5.您喜歡本書的原因：□1.作者 □2.書名 □3.內容 □4.封面設計 □5.其他

6.您不喜歡本書的原因：□1.作者 □2.書名 □3.內容 □4.封面設計 □5.其他

7.您希望得知的出版訊息：□1.青少年讀物 □2.兒童讀物 □3.親子叢書 □4.教師充電系列 □5.其他

8.您覺得本書的價格：□1.偏高 □2.合理 □3.偏低

9.讀完本書後您覺得：□1.很有收穫 □2.有收穫 □3.收穫不多 □4.沒收穫

10.敬請推薦親友，共同加入我們的閱讀計畫，我們將適時寄送相關書訊，以豐富書香與心靈的空間：

(1)姓名……………e-mail……………電話……………
(2)姓名……………e-mail……………電話……………
(3)姓名……………e-mail……………電話……………

11.您對本書或本公司的建議：

廣　告　回　信
臺北郵局登記證
臺北廣字第942號

請直接投郵　免貼郵票

10045　臺北市重慶南路一段66-1號3樓

幼獅文化事業股份有限公司

請沿虛線對折寄回

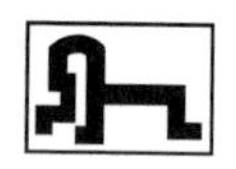

客服專線：02-23112832分機208　傳真：02-23115368

e-mail：customer@youth.com.tw

幼獅樂讀網http：//www.youth.com.tw